管家琪童話

Fairy tale train

童話列車
02

管家琪 ◆著

徐錦成 ◆主編　　貝果 ◆插圖

目 錄

目 錄

呼喚童心

徐錦成

　　童話，是魅力獨具的文類。一個人兒時接觸到的童話，往往影響其一生。一個文明的童話，也往往反映出——甚至型塑了——這個文明的人民性格。

　　童話一方面是活潑的，但同時也是溫和的。

　　活潑，因此我們可以從童話中看出一個文明的想像力與創造力。

　　溫和，因此童話界少有話題、少有論戰，以致文壇的聚光燈也難得打在童話身上。

　　童話的發展跟文學的發展息息相關。但從文壇的現狀看，詩、小說、散文是三大主流文類；戲劇作品不多，但也有其地位。至於童話，與前

四者相較無疑最為寂寞。文學界長期的忽略，使童話受到的肯定遠遠不及她本身的成就。

是該重新認識並重視童話的時候了！

童話，是呼喚童心的文學。不只屬於兒童，也屬於所有童心未泯或想尋回童心的成年人。而童心，在任何時代、任何社會都是最寶貴的。錯過童話，對喜歡文學的讀者來說是一大損失。

九歌出版社自二〇〇三年開始推出「年度童話選」，獲得廣大迴響。如今又推出「童話列車」，在台灣兒童文學出版上更是史無前例的大事。以往的童話選集，不論依類型或依年代來編，都是集體作者的合集。而這次，我們以個人為基準，要為童話作家編出一部部足以彰顯其成就的代表作。

在作家的選擇上，所有資深的前輩作家以及活力旺盛的中生代作家，只要作品具有一定的質和量，都是我

們希望合作的對象。而作家的來源也不限於台
灣。我們放眼華文世界，希望能為各地的優秀華文童話
家出版選集。

在篇目的選擇上，則由編者與作者深入溝通，務必
使所收錄的作品能確實具有代表性、能充分展現
作者的風格。每本書末皆有一篇賞析專
文，用意在提醒讀者留意該作家
的童話特色。

我們希望透
過這一系列
精選集，向
優異而豐富的
華文童話家致敬。更期望大
小讀者能透過他們的作品，品味到文學的童心。

享受童心
享受純真

管家琪

我從小就喜歡寫，寫信、寫日記、寫一些開了頭卻不知道接下來該怎麼辦的言情小說。儘管多半都是在自說自話，但我還是樂此不疲，老在寫個不停。比方說，寫信之於我，永遠都是「賠本生意」，總是我寫得多，收得少。可我也不在乎，只要有寫信的對象，我就猛寫，因為我需要寫，我太喜歡寫了。

一直到大學時期，我對兒童文學仍然缺乏認識。就算我從唸小學的時候就已經開始偷偷的做起作家夢，在青少年時期所崇拜的偶像也全是作家。好長一段時間，我還特別崇拜趙寧，把《趙寧留美記》看得滾瓜爛熟、倒背如流。現

在想來，我是特別喜歡那種幽默的風格吧！但我就算偶爾做做白日夢，希望自己有一天也能寫一點什麼，可從來就沒想過要寫兒童文學。

　　說「偶爾做做白日夢」是真的。在我唸大二以前，多半時候都覺得自己一無是處，是無可救藥的廢物。我不知道自己長大以後能做什麼，只希望能趕快長大。

　　大二時參加耕莘文教院的耕莘青年寫作會，對我的影響相當深遠，一方面認識了很多志趣相投的朋友，更重要的是有機會比較有系統的接觸文藝理論，以及親眼目睹好多作家的丰采，心中滿懷羨慕和崇拜之情。

　　一直到現在，「作家」對於我來說，仍不是一個一般的行業。儘管我在台灣已出版了兩百多本少兒圖書，在大陸、香港和馬來西亞也都有幾十本作品出版，而且

肯定都還會增加，可是每當別人問我是幹什麼的，我還是不好意思自稱是「作家」，而只是說：「我是在家寫東西的。」

　　我很看重作家的工作，也很珍視作家這個身份。我可是直到二十七歲當了媽媽之後，才突然發覺原來我會寫童話，原來我也有機會當作家！

　　自從一九九一年五月底離開民生報，結束七年的記者生涯以後，我就決心不再出去找工作，就坐在家裡埋頭苦寫，做一個專職寫少兒文學的人。意思就是寫作從此不但成了我謀生的方式，更將是我後半輩子的志業，絕不僅是「興趣」而已。我決心要「活到老、寫到老」，「一日不寫、一日不食」，我是不會再改行了！

　　當時，幾乎所有的人都認為我瘋了，至少都覺得我挺傻的吧。想想時間真是過得好快，轉眼間居然已經十五年過去了。如果兒童文學是一個美麗的花園，

十幾年來，我就是這個花園裡相當能夠自得其樂的園丁。

　　我是從童話開始展開兒童文學的生涯。感謝九歌出版社，感謝陳素芳和徐錦成兩位主編的邀約，讓我有機會出這麼一本童話精選集。我很開心，也感到很榮幸，我認為這是對我十幾年來童話寫作的一大肯定。

　　在整理童話創作年表時，無意中發現一件事。自一九九一年《口水龍》出版以來，一直到現在，每一年我都會有童話作品出版，唯獨二〇〇三年，一本也沒有。二〇〇三年我幹嘛去了？那一年我所改寫的《中國故事寶盒》（中國古典文學改寫，一共十二冊）由幼獅公司出版了。為了這套書，我從二〇〇二年開始，有一年多的時間主要都在進行這項工程。那大概也是我截至目前為止，工作量最大的一個階段。但即便如此，我仍然同時在《國語

日報》連載系列童話《長髮女妖梅杜莎》。可惜這個系列至今還沒有出版。

在任何情況之下，我都不會放棄寫童話。因為寫童話實在太有意思了。不管是多麼平凡無奇的事物，若能用童話的眼睛重新審視，立刻就會找到好玩的地方。我甚至覺得，如果喜歡童話、能夠欣賞童話的人能更多一些，這個社會、這個世界一定會可愛得多！

Fairy Tale

Part. 01

口水龍

「口水龍」獨自住在藍色的海邊，他是前幾天才剛搬來的。

　　其實，「口水龍」並不怎麼喜歡海，即使搬來海邊，他仍然十分懷念從前住在彩霞森林的日子，和那群可愛的朋友。

　　那時，他還不叫「口水龍」，大家都叫他的名字「阿丹」。

　　阿丹是一隻文靜的小恐龍，他的脖子細細的、身體圓圓的、尾巴翹翹的。在彩霞森林，大家都喜歡爬到阿丹身上欣賞風景，天熱時更喜歡在他身旁玩耍，請他幫忙遮蔭。而阿丹靜靜看著朋友在他圓滾滾的身影之下玩得那麼開心，心裡也覺得很幸福。

　　這樣美好的日子，誰也沒想到，竟然在今年春天阿

丹生了一場病之後就改變
了。不知道怎麼搞的，阿
丹突然變得很會流口
水，不僅自己鵝黃色外
衣上老是一灘一灘的口
水；更要命的是，口水還
會多得滴下來。阿丹雖然只是

一隻迷你恐龍，但和他的朋友比較起來，還是龐大許多。
因此，當他一滴起口水，對大象、獅子、老虎、花豹這些
「小朋友」來說，簡直像瀑布，大家紛紛走避。

「哎呀，阿丹又滴口水了！」

「天啊，我剛洗好澡的呀！」

阿丹非常羞慚，拚命道歉：「對不起！對不起！」
不得了，他一張口，口水流得更多了。

從這時候開始，大家就改口叫他「口水龍」了。

聽到這樣的綽號，內向的阿丹更加沉默寡言。他努
力想閉緊嘴巴，阻止討厭的口水往外流，但總是沒有多大

的作用。

當他發現朋友圍繞在他身邊玩耍，都變得比較心不在焉，老是緊張兮兮地往上瞧時，阿丹心裡真有說不出的抱歉。他非常自責：「怎麼辦？我給大家帶來了困擾，我是不是該自動走遠一點？」但是，他實在捨不得這些朋友，也捨不得美麗的彩霞森林。「啊，我怎麼會有這種怪毛病？我真是天底下最可笑的恐龍！」阿丹忍不住自怨自艾起來。

至於「小朋友」們，其實也常偷偷聚在一起傷腦筋。

老虎說：「怎麼辦？這麼久了，『口水龍』的毛病好像都沒好轉。」

獅子說：「我建議以後天天穿雨衣。」

「你不怕這樣會傷了『口水龍』的自尊心嗎？」兔子、花豹都很反對。

「可是我們這樣成天躲他的口水，阿丹心裡一定也很

難過啊！」大象說。

大家你一言、我一語的，就是想不出一個兩全其美的好辦法。

有一天，阿丹發現他的好朋友都不見了，全森林的動物好像變成空氣似的，統統都不見了。

「也許他們臨時有重要的事要做吧！」阿丹安慰自己。

第二天，依然一個朋友也沒出現。「大概是事情還沒做完。」阿丹還是強做鎮定。

到了第三天，他再也受不了。「啊，他們終於拋棄我了！」阿丹好傷心，趴在山上大哭起來，哭得滿臉水糊糊的，淚水、口水全部混在一起。

於是，阿丹就這樣離開了彩霞森林，來到藍色的海邊。

　　「他們叫我『口水龍』，也許我應該乾脆學著做一隻『水龍』，成天泡在水裡的話，別人就不會注意到我老是流口水了。」阿丹難過的想著，他覺得自己已經心碎了。

　　當大象一夥找到阿丹時，他幾乎整個身體都藏在大海裡。

　　大象首先朝著他大喊：「噯！口水龍，你躲在這裡幹什麼？」

　　乍見老朋友，阿丹真是又興奮又激動，但一想起他們的無情，又強迫自己裝得無所謂：「喔，沒什麼，我只是想做一隻水龍。」

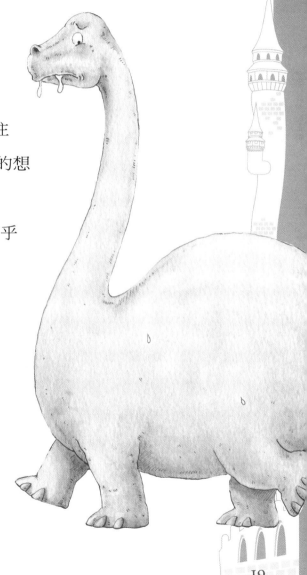

「幹嘛要做水龍啊？」大家忙著合力推一個大盒子，大象還在叫他：「口水龍你看！這是我們送你的小禮物。」

阿丹這才回過身來，很不明白的問道：「為什麼要送我東西？」他心裡真正想問的是：「你們不是不理我了嗎？」

老虎嚷嚷著：「哎呀，你快打開來看嘛！」其他的朋友也一起笑著、鬧著：「是啊，快打開看！」

阿丹好奇地撥弄一下那個盒子，然後小心翼翼將蓋子揭開來──

一條圍兜！居然是一條圍兜！

老虎說：「這是大象的主意，以後你戴上這條圍兜，就可以用來擦口水了，而且你也不會再老是那麼嘴巴糊糊的，好難受。」

獅子說：「我們

發動全森林的動物，大家把家裡吸水力最棒的床單集中在一起，縫了三天三夜才縫好的。」

「你怎麼跑掉了嘛！」小白兔還在喘氣：「害我們大家推著這盒子到處找你，累死了！」

大象說：「好啦！別泡水啦！我們都知道你不喜歡海的，快跟我們回家吧！」

大家都在七嘴八舌的說話，只有阿丹不知道該說什麼——他太感動了！

當阿丹好不容易壓抑住想哭的衝動（他不希望把這些可愛的朋友淋溼），從海裡站起身來，準備回彩霞森林時，大家這才看清楚他的臉，愣了好一會兒，一個個吃驚得叫起來：「口水龍，你什麼時候多了一顆大門牙？」

阿丹趕快摸摸自己的嘴，也嚇了一跳；他不過在海裡躲了幾天，怎麼就多出了這個玩意兒？

說也奇怪，自從多了這顆大門牙，阿丹就不再流口

水了。不過，阿丹還是天天繫著那條五顏六色、七拼八湊的圍兜，因為這條圍兜讓他知道，他的朋友有多愛他！

——選自一九九一年七月民生報社版《口水龍》

★ 口水龍 ★

Fairy Tale

Part.02

寶劍在哪裡？

一座古色古香的博物館大廳，有一個很特別的壁飾。

這個壁飾的造型，是一個形狀威猛的獅頭，嘴裡銜著一把短劍，氣勢很凌厲。

不過，每天都要擺出一副威風凜凜的樣子，實在很累人。有一天，獅頭眼看遊客稀少，想乘機放鬆臉部肌肉，休息一下，便打了一個大大的呵欠。

不幸的是，在他打呵欠的當兒，銜在嘴裡的寶劍竟然掉下去了！

「啊！」獅頭慘叫一聲，悔不當初。

可是，後悔有什麼用？寶劍已經失落，無聲無息，而他只能嘴巴張得老大，空著急。他拚命往下瞧，還是看不見寶劍究竟掉到哪裡。

一位老伯伯恰巧在這時候經過，獅頭趕快喚住他：「老伯伯，請你幫個忙，我嘴裡的寶劍不小心掉下去了，麻煩你幫我找找看吧！」

老伯伯彎著腰，四處張望了好一會兒，抱歉的說：「對不起，找不到耶！你是不是嘴巴空空的很難過？這樣吧，我的柺杖先借你好了。」

　　獅頭還來不及做任何反應，老伯伯已動手把柺杖塞到他嘴裡，頭也不回的走了，邊走還邊搖手：「別客氣！別客氣！」

　　銜著柺杖的感覺真是奇怪。銜著銜著，他看見一個漂亮的小姐走過來，趕快一口吐出柺杖：「小姐──」

　　「哎喲，我的腳！」漂亮的小姐頓時尖叫起來：「是誰用柺杖砸我的腳？快滾出來！」

　　「對不起，我不是故意的──」獅頭也嚇了一大跳，臉色發白：「我只是想拜託妳幫我找一找我嘴裡的寶劍，它大概就在附近。」

　　「這裡光線這麼暗，誰看得到有什麼寶劍。你一定要銜什麼東西的話，我的洋傘送你好了！」小姐不耐

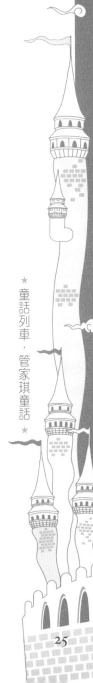

煩的把一把雙摺傘塞進獅頭的嘴裡，跛著腳一拐一拐的走了。

　　銜著洋傘，還是有說不出的不對勁兒。獅頭正在發愁，負責伙食的歐巴桑經過，看見他嘴裡的洋傘，好奇的問：「喲，是誰把這麼漂亮的洋傘放在這裡呀！」說著就把洋傘一把抽出來。

　　「太太，幫幫忙，幫幫忙吧！」獅頭立刻向她求救。

　　「什麼東西？」歐巴桑大聲問道。

　　「是我啦，」獅頭苦著臉說：「我嘴裡銜的寶劍，不小心掉下去了，麻煩您幫我找一找，好嗎？」

　　「原來是這樣，沒問題！」歐巴桑蹲下來，找了半天，什麼也找不到。但是，她熱心的在菜籃裡翻來翻去：「找不到沒關係，我這個給你吧。」說完塞了根香蕉給獅頭。

　　「嗯──嗯──」獅頭急得直搖頭。

　　「不好？那換這個。」歐巴桑抽出香蕉，換上一條茄

子。獅頭還是急得猛搖腦袋。「還不好？那換這個。」歐巴桑又換了一根甘蔗。獅頭急得汗珠都要滾下來了，狼狽萬分。這回，歐巴桑不高興了：「真囉嗦！甘蔗不是長長的，很像寶劍了嘛，還要挑！」說完就氣嘟嘟的走了，連獅頭嘴裡的甘蔗都忘了拿。

「哇，甜死了！」獅頭忙不迭的把甘蔗吐出來。他終於明白，銜了這麼久的寶劍，原來他現在銜什麼東西都銜不慣了，何況是那麼甜的甘蔗呢！

「怎麼辦？我以前還嫌天天銜著寶劍很麻煩，又嫌那把寶劍不夠氣派，現在才知道我的寶劍有多好，沒有它，我都不像我了。」獅頭悲傷的想著。天色已晚，看來要找回寶劍的希望非常渺茫。

一個小男孩經過獅頭前面，看見傷心的獅頭，好心的問道：「怎麼了？你不是一向都很威武的嗎？」

「我恐怕再也威武不起來了，」獅頭長長的嘆了一口氣：「我不小心把寶

劍弄丟了。沒有了寶劍，我這才知道我的嘴巴有多大，大得像個傻瓜！」

「別難過，我來幫你找。」小男孩四處找著。洩氣的獅頭已不存指望，不斷唉聲嘆氣、自怨自艾：「唉，我怎麼這麼不小心呢？幹嘛要打那麼大的呵欠——」

正在瀕臨絕望的時候，小男孩愉快的聲音忽然響起：「我找到了！寶劍在這裡！」隨即把寶劍放回獅頭的嘴裡。

「哇，我真是太高興了！我真是不敢相信，真不知道要怎麼感謝你才好——」獅頭興奮得不得了，只差沒喜極而泣。

「哪裡，別客氣，」看獅頭高興成那樣，小男孩也覺得很開心：「身為童子軍，我應該日行一善的，你下次可得小心一點喔。」

小男孩走後，獅頭還忍不住興奮了老半天，最後才甜甜的進入

夢鄉。不過，他現在可是連熟睡也不敢再放鬆嘴巴了。

第二天，一群小朋友隨著老師前來參觀，走到獅頭前面，老師指著威風八面的獅頭說：「大家看，這就是古人的避邪裝飾，獅子嘴裡銜的是一把七星劍，象徵驅邪斬魔。這個壁飾已有上千年以上的歷史──」

「那可不，這把七星劍可是正宗的寶物哩，所幸總算是失而復得了。」獅頭愉快的想著，暗自慶幸不已。

他萬萬想不到，就在這時，竟然聽見好幾個小朋友不約而同、充滿疑惑的問道：「老師，這真的是七星劍？為什麼上面是寫『無敵寶劍』，而且還是『日本製』？」

──選自一九九三年一月民生報社版《怒氣收集袋》

★ 童話列車‧管家琪童話 ★

Fairy *Tale*

Part.03

超級蘿蔔

胖妞放學回家，看起來非常的不開心。

她把書包往沙發上一丟，氣嘟嘟的板著臉，還因此擠出了三層下巴。媽媽關心的問道：「怎麼啦？」

「今天老師要我參加話劇表演。」胖妞說。

「那很好哇，老師要妳演什麼？」

「蘿蔔！要我演蘿蔔啦！」胖妞叫起來。

原來，班上正在籌備話劇比賽，大家決定要演「拔蘿蔔」。胖妞是全班最胖的小朋友，於是高票當選「蘿蔔」這個角色。

媽媽笑起來：「這有什麼好氣的呢，妳不是一直都想參加話劇表演嗎？現在就參加啦，而且還是主角呢。」

胖妞還是氣得要命，結果影響了食慾，晚餐少吃了兩碗飯。

晚上要睡覺前，胖妞躺在床上，望著窗外的星光，悶悶不樂的想著：「唉，為什麼我這麼胖呢？要是我能瘦一點多好！」

突然，一顆小星星掉到她的窗前，一個小仙子從一

超級蘿蔔

團星光中蹦出來，誇張的說：「恭喜妳！幸運的得獎人，我可以讓妳實現一個願望。」

胖妞說：「聽起來有點老套，不過沒關係，我希望——」

「慢點、慢點，」小仙子似乎突然想到了什麼，急急打斷她：「妳不可能是李太太吧？」

「李太太？李太太是我媽咪。」

「糟糕，我走錯房間了，」小仙子懊惱的說：「李太太才是得獎人，對不起，對不起。」

胖妞看小仙子一副要離開的模樣，趕快抓住小仙子的翅膀嚷道：「別走，我媽咪說由我代替她領獎。」

「真的嗎？」小仙子有點懷疑。

「真的！真的！」胖妞一個勁兒的猛點頭。

「好吧，今天晚上我的業務太多，來不及查證，姑且先相信妳吧。妳的願望是什麼？」

胖妞充滿希望的說：「我希望——我希望能變瘦。」

「我知道了，妳希望快速減肥，這是我們目前最熱門

的項目，我早就把程式背得滾瓜爛熟了。不過我得先提醒妳，如果讓我們查證出原來妳是在撒謊，一切又將恢復原狀。」

第二天一早，天還沒亮，胖妞就偷偷穿上妹妹的衣服（因為自己的衣服太大了），然後留了字條，趕快溜到學校去。

那天，班上同學都以為又來了新同學，沒人相信眼前這個瘦瘦的小女生就是胖妞。胖妞一再解釋，總算讓大家相信了，但是，老師立刻唉聲嘆氣起來：「啊，怎麼辦？怎麼辦？」

「什麼怎麼辦？」大家都不懂老師的意思。

老師說：「話劇表演我們就沒蘿蔔啦！」

大家這才紛紛轉過頭來，再一次仔細打量胖妞：「對呀，現在不能拔蘿蔔了，拔洋蔥還差不多！」

胖妞急著說：「我還是可以演蘿

超級蘿蔔

蔔啊。」

老師搖搖頭：「話劇表演是大家團隊合作的心血，每一個角色都很重要，都必須精挑細選。現在，妳變得這麼瘦，已經不適合演蘿蔔了。這齣戲裡的蘿蔔是非常巨大，看起來非常可口的——唉，怎麼辦呢？我們班上的小朋友普遍都這麼瘦，到哪裡再去找一個圓墩墩的小朋友來演蘿蔔？」

胖妞覺得很過意不去：「都怪我不好，但是，我保證不多久就會恢復原狀，請您讓我先繼續扮演蘿蔔吧。」

她心裡其實是打著這樣的如意算盤：「小仙子不是說如果查出我撒謊，一切都將恢復原狀嗎？我只要等著被她發現就行了。」

但是，說也奇怪，一整天都過去了，胖妞依然是「瘦妞」。胖妞心想：「小仙子可真忙咧，一定是還沒時間回去查證。」

第二天，胖妞開始有點煩躁。「搞什麼鬼啊！弄錯了都還不知道，哪有這麼糊塗的仙子。」

第三天，胖妞簡直是氣急敗壞。「天哪，她該不會是原諒我了吧！」

　　話劇表演當天，胖妞只好帶三個枕頭、五個靠墊到學校，塞在橘紅色的布袋裡，希望使蘿蔔看起來胖一點。

　　結果，就在幕剛升起的那一刻，「轟」的一聲——哇！胖妞真的又變成胖妞了。不過，精確一點來講，她並沒有「恢復原狀」。——這到底是怎麼回事？

　　原來，小仙子不但發現了錯誤，也立刻很有效率的讓胖妞的媽咪實現了願望。媽媽的願望是——胖妞第一次參加話劇表演，希望她是全場最受矚目的焦點。就因為這樣的願望，胖妞沒法子恢復原狀——她比過去還要胖兩倍！

　　不過，她倒真是眾所矚目的焦點，每一個人都在邊笑邊說：「老天爺！這個蘿蔔實在有夠大！」

——選自一九九三年五月民生報社版《捉拿古奇颱風》

超級蘿蔔

Part.04

奇幻溫泉

「『湯』是什麼意思啊？」老虎問。

「真奇怪，」斑馬說：「報上不是說是什麼溫泉嗎？怎麼這個招牌上只寫了一個『湯』字呢？」

「地址沒搞錯吧？」老虎又問。

老虎和斑馬看著面前一塊嶄新的大招牌，歪著頭，仔細研究。他們都是看到報上「奇幻溫泉新開幕！」的廣告，興致勃勃的抱了毛巾，想要嘗試一下新鮮的經驗。可是這會兒，招牌都看不懂，兩人都不敢進去。

「嘿！怎麼傻楞楞的站在這裡，快進去啊！」金錢豹剛巧也來了。他手上也抱著毛巾，一看就知道也是來泡溫泉的。

「我們正在研究什麼叫做『湯』。」老虎說。

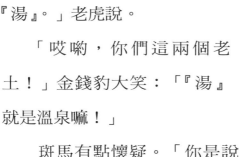

「哎喲，你們這兩個老土！」金錢豹大笑：「『湯』就是溫泉嘛！」

斑馬有點懷疑。「你是說

——這裡就是『奇幻湯』，『奇幻溫泉』？」

「對啦！不會錯的。」金錢豹說完，就領頭先進去了。

不一會兒，三個人全部泡在「奇幻溫泉」裡。

他們都假裝閉目養神，專心享受溫泉，其實，心中都不約而同的窮嘀咕：「唉！好擠唷！要是現在是我一個人享受的話，該有多好！」

除了擠，泡溫泉的感覺倒是挺不錯。廣告上說，泡「奇幻溫泉」會讓人覺得「身心舒暢，從頭到腳煥然一新」，看來果然是真的。

過了好久，老虎泡夠了，站起來說：「我要先走一步，你們慢慢泡——哎呀！」

老虎突然尖叫起來，嚇得斑馬和金錢豹趕快睜開眼睛，想知道是怎麼回事。天啊！這真是非同小可，老虎居然變成光溜溜的，身上的斑紋統統不見了！

「嘩！」斑馬和金錢豹立刻也跳起來——不得了，他們身上的斑紋也不見了！

「怎麼辦？」老虎哭喪著臉：「我的寶貝花紋哪！」

「我看，咱們繼續泡泡看，也許待會兒又會有變化。」金錢豹說。

「好主意。」斑馬附議。

於是三人又擠在一起，緊張兮兮的泡在溫泉裡。

過了好久，三人站起來一看——這回，斑馬的斑紋跑到金錢豹身上，金錢豹的斑紋又跑到老虎身上，老虎的斑紋則跑到斑馬身上。

不行，再泡！

又泡了半天，金錢豹的身上長了老虎的斑紋，老虎身上……。

他們就這樣從早上泡到下午，再從下午泡到晚上。三個人都不喜歡「從頭到腳煥然一新」的改變，都想找回自己原來的斑紋。

現在，他們倒是不覺得擠了，只想一起泡回自己的花紋。

就在他們泡得頭暈眼花、眼淚都快掉下來的時候，

★ 奇幻溫泉 ★

奇蹟出現了！三個愁眉苦臉的傢伙終於又奇蹟似的找回自己的斑紋。

他們把這個神奇又可怕的經驗，寫在「客戶意見調查表」上，希望「奇幻溫泉」的老闆設法改善。

從此，「奇幻溫泉」就有了「老虎湯」、「斑馬湯」、「金錢豹湯」，還有「鱷魚湯」、「烏龜湯」、「花鹿湯」……，總之，不再是「一鍋湯」了！

——選自一九九五年四月民生報社版《奇幻溫泉》

★ 奇幻溫泉 ★

想躺下來
的不倒翁

有一個不倒翁，有一天，覺得頭昏昏的很不舒服。

「糟糕，」他緊皺著眉頭，虛弱的說：「我恐怕是有點感冒了，我應該趕快躺下來休息才是。」

問題是，他是不倒翁啊，怎麼躺？

還好，玩具堆附近的朋友都很好心，紛紛自動來幫忙。

泰迪熊首先說：「我來扶你躺下來。」說著，就挨過來，從後面抱住不倒翁，溫柔的把他放倒。

「唔，你就好好休息一下吧！」泰迪熊說。可是，他才剛一放手，不倒翁立刻又「咻！」的一聲彈了起來。

「哎喲，我的頭更暈了。」不倒翁難受的說。

「忍耐一下，我來幫你。」這回是芭比娃娃，她按住不倒翁圓圓的腦袋，想把他按倒。

「拜託，別按我的頭，好痛！」不倒翁叫著。更慘的是，芭比娃娃一鬆手，他就又彈了起來。

「妳的手指甲太尖了啦！」不倒翁埋怨著：「痛死我了。」

「對不起，人家也只是想幫你嘛！」芭比娃娃覺得很委屈，決定還是回她的娃娃屋去整理衣服算了。

站在架子上的「孫悟空」和「悟飯」居高臨下，冷靜的說：「現在，我們可能需要一點比較激烈的手段。」

他們大喝一聲，從架上飛撲下來，想把不倒翁撲倒。可惜這招更沒有用，不倒翁只是輕輕搖晃了一下，就又站穩了。倒是「悟空」和「悟飯」父子跌得不輕，躺在地板上哇哇大叫：「哎呀，真沒想到這老傢伙的功力會這麼強！」

還有好多朋友，都試著想幫不倒翁躺下來。大家蹦上蹦下、跳來跳去，還把不倒翁推來推去、扯來扯去，可惜都沒有成功。甚至，大家同心協力，表演疊羅漢，把不倒翁壓倒在地

46

上，都沒有用；不倒翁只躺了三秒鐘，就彈了起來，還把大家摔得亂七八糟，慘叫連連。

「哎喲！好痛啊！」現在，大家都不能動了，只能躺在地上哼哼唧唧。

「拜託你們快起來呀，該躺下來的是我呀！」不倒翁痛苦的說：「我的頭，暈得讓我受不了啦！」

這個時候，小芬和小偉突然走進房間，後面還跟著爸爸。

爸爸說：「好啦，嘴巴別翹得那麼高，趕快把該做的事先做完，媽媽就不會生氣了——咦，這是怎麼回事？」

爸爸指著散落一地的玩具：「不是早就叫你們要收好的嗎？」

「我有哇！」小芬先叫起來：「一定是小偉弄的。」

「姊姊亂講！」小偉也叫：「我才沒有！」

「好吧，你們先趕快寫功課，我來收好了。」爸爸一邊收，一邊嘀咕：「真是，老買一大堆沒用的玩具。」他

突然停下來，把不倒翁捧起來，端詳了一下。

「嗯，這個好，屹立不搖，永遠不休息，多麼的有勵志性，你們應該多跟不倒翁學學，知道嗎？」

爸爸出去以後，小姊弟馬上大發牢騷。

小芬說：「我才不要跟不倒翁學，他每天都是一個樣子，沒意思。」

小偉說：「我也不要。」說著，索性上前把不倒翁的底座給拆下來。「嘿，讓你休息一下吧！」

「謝謝！」不倒翁低聲的說：「我終於能夠躺下來了！」他高興得都快哭出來啦！

——選自一九九六年七月國語日報版《想躺下來的不倒翁》

★ 想躺下來的不倒翁 ★

Part.06

響尾蛇保母

一條響尾蛇到大象媽媽家來應徵保母。

大象媽媽為她泡了一杯熱茶，親切的問：「妳要怎麼坐會比較舒服？坐這張沙發可以嗎？要不要替妳準備一個竹簍？還是一根竹竿，讓妳掛著？」

「不必客氣，這裡就很舒服了。」響尾蛇大方的「盤」在沙發上。

「請問妳對照顧小孩有經驗嗎？」大象媽媽開始問話了。

「有的，有的，我最喜歡小孩子了。」響尾蛇一迭聲的說。

「如果小孩哭鬧，妳有辦法嗎？我們家這頭小象，可是不大好帶的。」

「我可以搖這個給他聽。」響尾蛇把尾巴最末端那一節拆了下來。

「或是搔他癢，逗他笑。」她輕輕吐著舌頭。

「或是跳舞給他看，跟他玩。」說著，響尾蛇立刻就在沙發上，即興跳了一段。

「嗯，不錯，妳是一個很有創意的保母，而且我看得出來，妳真的很喜歡小孩，不過，我有點擔心——」

　　「請妳不要擔心，」響尾蛇急急的說：「過去，我雖然都是照顧蛇寶寶，但是我有信心，也能把象寶寶照顧得很好。」

　　「這個我相信，只是——我就直說了吧。我想知道，外傳蛇會吃大象，是不是真的？」

　　響尾蛇大笑。「蛇吃大象？這怎麼可能嘛！不叫我們撐破肚皮才怪！」

　　「我也覺得奇怪，可是如果蛇不吃大象，為什麼會有『人心不足蛇吞象』這句話？」

　　「喔，這是一個誤會。」響尾蛇正色說道：「其實不是『人心不足蛇吞象』，應該是『人心不足蛇吞相』才對，宰相的相。」

「宰相的相？這是什麼意思啊？」

「這是一個古老的故事了。從前有一個人，靠著我們老祖先的幫忙——那是一條又慈悲又有智慧的蛇——陸續得到很多的寶物，還做了宰相。我們老祖先對那個人可說是全心全意的付出，只因感念小時候曾經受過他的照顧。為了他，老祖先甚至還損失了一隻眼睛，可是那個傢伙非但不知感謝，還貪圖國王的重賞，居然厚著臉皮對我們老祖先要求說，他需要一個靈蛇的膽！於是，我們老祖先就張大嘴，對他說：『好，那請你自己進來拿吧！』這才是『人心不足蛇吞相』的由來。」

「喔，那我就放心了。」大象媽媽鬆了一口氣。

「放心啦，」響尾蛇笑著說：「我們對大象、小象向來一律說『不』，太大了，吞不了的啦！」

「太好了，請妳明天就來上班吧！」

不過，大象媽媽的憂慮解除了，響尾蛇的憂慮才剛開始。

上班第一天，象寶寶就弄壞了她的尾巴玩具，還把

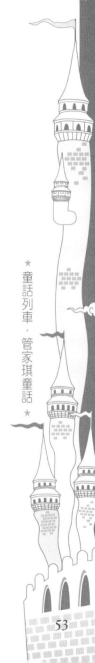

她的舌頭拉得像吊死鬼那麼長。

　　第二天，當她想跳舞逗象寶寶開心的時候，象寶寶卻用力拉扯她的身體，想知道她會不會變長。

　　第三天，象寶寶把她跟一把椅子綁在一起。

　　第四天，象寶寶想用響尾蛇來綑一個包裹，還努力想用她來打一個蝴蝶結。

　　第五天——響尾蛇忍無可忍，張大了嘴巴——

　　「啊，不要吃我的孩子！」剛進門的大象媽媽一看，趕快衝過來，護著小象：「妳說過蛇是不吃大象的！」

　　「我哪裡是要吃他，我是要哭！」說著，響尾蛇真的大哭起來：「這個可惡的小鬼，實在是太欺負人了！我不幹了！」

　　　　　——選自一九九六年七月國語日報版《想躺下來的不倒翁》

Fairy Tale

Part.07

老虎學爬樹

傳說在很久很久以前，老虎只是一個笨笨的大塊頭，什麼也不會。

　　有一天，老虎想著：「唉，我個子這麼大，卻一點兒本事也沒有，太不應該了嘛。不行，我得想辦法學點本事。」

　　他覺得貓挺機伶的，就去找貓，很誠懇的說：「請您收我這個笨徒弟，教我一些本事吧。」

　　貓正在和老鼠玩毛線球——那個時候，他們還是很好的朋友——就停下來，瞇著眼打量著老虎。

　　「你想學些什麼本事呢？」

　　「您會的本事，我統統都想學！」

　　老鼠偷偷扯扯貓。「嗳，如果你把這個傻大個兒教聰明了，怕會威脅到咱們的安全吧？」

　　貓卻不以為意。「怕什麼？瞧他這麼必恭必敬的樣子，我就教教他吧。」

　　於是，貓教老虎怎麼跑、怎麼跳、怎麼撲、怎麼穿山越嶺，還教他怎麼追毛線球。不過，老虎對「追毛線球」

實在沒有多大的興趣，就運用這方面的技巧，再結合「撲」的技巧，學會了怎麼捕捉獵物。

老虎越來越機伶，也越來越厲害了。他以為自己已經把貓所有的本領統統都學會了，竟起了壞心眼兒。

「哼，要是被人家知道我這麼一個威風凜凜的大老虎，竟跟一隻小貓學本事，豈不是要被人家笑掉大牙？不如──」

他想一口就把貓師父給吞了。沒想到，身手矯健的貓師父在老虎慢慢挨近他的時候，已經發覺到苗頭不對，一個箭步，就跳到了樹上。

「啊！」老虎的嘴巴張得好大，眼睛瞪得更大：「師父──你──你怎麼還會這一招！」

老虎這才發現，自己還沒學會爬樹，懊惱得真想把自己給勒死。貓師父則安安穩穩的坐在樹上，一邊慢條斯理的舔著足掌，一邊說：「我嘛，老早就提防你會忘恩負義，才特別留了這一招！」

「你──你快下來，下來教我爬樹！」老虎惱羞成怒

★ 老虎學爬樹 ★

的大吼，但是不管怎麼吼，貓就是不理他，只是淡淡回了一句：「你這是對師父講話的態度嗎？看來，我當初真該先教你禮貌，再教你別的。」

老虎兩隻前腳搭在樹幹上，朝著大樹吼了半天，實在沒辦法，只好垂頭喪氣的走了。

回到家，老虎越想越惱恨。「唉，我真不該這麼猴急的，我好想學爬樹哇！」

第二天，他準備了一百種不同顏色的毛線球（這是貓最喜歡的小玩意兒），前去拜訪貓，儘量用最真誠、最慚愧、最感性的聲音在門外叫著：「貓師父！請您原諒我吧！我知道錯了！」

叫了一整天，嗓子都叫啞了，貓師父鐵著心，就是不開門。

老虎又想：「過兩天就是玉皇大帝選十二生肖的日子，全森林的動物都會參加這場盛會，貓師父一定也會去吧？到時候我就當著大家的面，鄭重向他認錯道歉，他總該會原諒我的。也許大會一結束，就會教我爬樹了。」

意外的是，貓那天並沒有在盛會中出現。老虎後來才知道，盛會當天，貓被他最好的朋友──老鼠給出賣了；因為老鼠擔心貓的樣子比較可愛，玉皇大帝選生肖的時候，一定會占盡優勢，影響自己上榜的機會，所以故意違背早上要叫貓起床的約定，讓貓睡過頭，錯過大會。

老虎又帶了兩百種不同顏色的毛線球去拜訪貓，想討好、安慰他。這次，貓師父肯開門了，但只開了五秒鐘。

貓師父酸溜溜的說：「喲，你也被選為十二生肖之一，還要學爬樹幹嘛？」說完，就把門重重關上。

不久，過年了，老虎還是念念不忘想學爬樹。就張羅了好多好吃的糖，跑去拜訪灶王爺，想請灶王爺幫他向貓師父說說好話。可是灶王爺根本不在家；因為他甜的東

★ 老虎學爬樹 ★

西吃得太多，蛀牙很厲害，去看牙醫了。

　　老虎失望的坐在樹下，喃喃自語：「我想學爬樹！我好想學爬樹！」

　　「爬樹？簡單，我們來教你。」附近忽然有人接口。

　　老虎定神一看，啊，原來是一群小螞蟻，正在樹上一步一步往上爬呢。

　　「謝謝你們！這真是太好了！」老虎興奮得跳起來。

可惜，老虎個子太大，怎麼學就是沒有辦法像螞蟻那樣，全身都貼在樹幹上走。老虎摔得鼻青臉腫，一直到今天，他還是不會爬樹。

——選自一九九六年七月國語日報版《想躺下來的不倒翁》

老虎學爬樹

Part.08

收集膽小鬼

有一個膽小鬼，膽子真不是普通的小。按照「鬼」的算法，他早就成年了，可是，居然還沒有到「上面」去過。

鬼媽媽鼓勵過他好多次：「兒呀，不管你喜歡不喜歡，還是應該到上面去瞧瞧嘛，要不然實在太孤陋寡聞了。」

「不會呀，」膽小鬼不以為意的說：「我每天看《陰曹日報》，每週看《陰曹週刊》，每月還看《陰曹文摘》，怎麼會孤陋寡聞呢？」

「那都是別人說的呀，你應該自己去看看嘛。」

「不用了，光是看報紙雜誌就已經讓我倒盡胃口，我才不想上去咧！我怕死了，還是留在家裡玩撲克牌算了。」說罷，膽小鬼真的拿出撲克牌，抽出一張鬼牌，輕輕敲三下，鬼牌上的小鬼就跳出來跟他玩牌。

「噯！」鬼媽媽皺著眉，忍住怒氣，盡可能耐著性子問：「你究竟怕什麼呀？」

「我怕的東西可多啦！」膽小鬼一面看著手中的牌，

一面漫不經心的應道：「我怕車、怕貓、怕狗、怕噪音、怕不講理的人，什麼都怕。」

鬼媽媽氣極了，忍不住大嚷：「你是鬼耶，還好意思說『什麼都怕』，像什麼樣子嘛！」

「所以我才叫『膽小鬼』嘛。」

看兒子居然還這麼理直氣壯，鬼媽媽忍無可忍，終於歇斯底里的吼道：「你現在就給我滾到上面去！」

很怕噪音的膽小鬼被嚇得跳起來，馬上一溜煙的衝上去了。

膽小鬼一衝出地面，就差點被一輛疾駛而過的車子撞個正著。

「哇呀！」他尖叫著立刻往旁邊一閃。驚魂甫定之餘，才又好氣又好笑的自言自語：「真是，我怕什麼呢？我是鬼呀，車子根本撞不到我嘛。」他隨即又想到：「難

道我真的是已經膽小到無人可比，也無鬼可比的地步了？」

膽小鬼立刻匆匆做了一個決定：今天晚上的目標，就是要收集幾個「膽小鬼」，然後回去告訴媽媽，讓她放心，自己其實並不是唯一的「膽小鬼」。

他到處東看西看，逛了又逛，發現世間的「膽小鬼」其實還真不少哩！

——有一個小朋友，不知道在看什麼電視節目，雙手摀住耳朵，埋在媽媽身邊，而且只瞇著一隻眼睛看，媽媽叫他「膽小鬼！」

——有一個丈夫，喋喋不休的跟太太抱怨同事老愛找他的麻煩，老跟他過不去，太太聽了半天，不耐煩了，就咕噥道：「你不會跟他們抗議呀？膽小鬼。」

——有一個大人物，面對一大堆的記者，盡說些言不由衷的廢話，看得電視機前面的觀眾紛紛痛罵：「敢做不敢當，真是膽小鬼！」

——有一個年輕人，坐在書桌前，望著一個女孩的照

片痴痴傻笑：「喜歡她就告訴她呀，為什麼不敢呢？唉，我真是一個無可救藥的膽小鬼！」他這麼「責備」著自己。

……

真的，膽小鬼發現，其實膽小鬼還真多！

他興沖沖的鑽回地下，跑回家，一進門就嚷嚷：「媽媽，你看，我已經增廣見聞啦，快來看我收集的膽小鬼！」

媽媽看到他，大大的鬆了一口氣，急急的招手叫他過去。「別管那些無聊的膽小鬼了，快來陪你的『小鬼』玩牌吧！你剛剛跑出去的時候，忘了把他放回去，害他在這裡枯坐半天，我只好陪他玩牌，他性子急，已經咕噥了好一陣子呢！」

說著，那個急呼呼的小鬼已經瞪著媽媽，不耐煩的催促道：「別囉嗦了，快點呀！我出黑桃十，妳出什麼呀？」

——選自一九九六年十一月亞太經網版《糊塗大頭鬼》

Part.09

女鬼的新衣

有一棟鬼屋，鬧鬼多時，沒人敢住；有一天，忽然搬進一家從不信鬼的人。

這一家四口，丈夫是一個很有學問的老師，太太是一個很能幹的家庭主婦；老大十七歲，老二七歲，都是很可愛的女孩。

這家人搬進來的第二天，鬼就出現了。是一個女鬼。但是她可沒有披頭散髮，一頭長髮梳得整整齊齊，儀容十分整潔。

當時，男主人正在書房裡看書。女鬼出現時，他只微微吃了一驚，就輕描淡寫的說：「喔，原來妳就是那個大家所說的鬼呀，久仰久仰。」

女鬼嚇了一跳。「從來沒人對我這麼客氣過，難道你不怕我嗎？」

「哈哈，有什麼好怕！」男主人說：「妳以前也是人，我以後也是鬼，大家都一樣嘛。我倒是覺得很奇怪，鬼就是鬼，應該待在地府裡，幹嘛還在這裡逗留呢？」

「我也想趕快去地府報到，可是我想要一件新衣服，

我試了好幾次，每次都還沒來得及說完我的請求，別人就已經嚇昏了，要不就是落荒而逃，才害我一直耽擱到現在；真好，難得碰到一個不怕鬼的人，你可以送我一件衣服嗎？」

「衣服？那妳現在穿的是什麼？這不是衣服嗎？」

「這只是一件舊床單呀！」

「馬馬虎虎嘛，妳都已經是鬼了，還那麼講究幹嘛？」

「不行，我一向都很注意形象，我一定要一件新衣服。」

「妳錯了，鬼是不需要衣服的，」男主人一副道貌岸然的樣子說：「東漢的大儒王充就曾經說，所謂『鬼』，不過是人死了以後一股凝聚不散的『精神』，『精神』是抽象的、無形的，穿什麼衣服呢……」

「哎呀！」女鬼叫起來：「我不想聽你上課了啦，你到底肯不肯給我買衣服？」

「呃——」男主人尷尬的笑笑：「老實說，我老婆把

71

我的零用錢扣得很緊，實在沒有多餘的錢來給妳買衣服。」

「早說就好了，囉嗦什麼嘛！」女鬼白他一眼，「那我找你老婆要去。」

「我老婆小氣得很，一定不肯的。」

「我先試試再說，要不就找你兩個女兒。」

「隨便，反正咱們家的人都有一股浩然正氣，都不怕鬼。」男主人十分篤定的說。

結果，女鬼在女主人那裡，果然碰了一鼻子灰。女主人一聽完她的要求，馬上尖叫起來。

「妳幹嘛尖叫呀，我又沒嚇妳。」女鬼緊張的說。

「還說沒嚇我？」女主人氣呼呼的說：「妳知道現在衣服有多貴嗎？妳怎麼不飄到百貨公司去看看那些可怕的訂價，就知道妳的要求有多過分了。哼，要我給妳買衣服？那得要花多少天的菜錢呀，誰又來給我買衣服呢？」

她哇啦哇啦罵了一大堆，罵得女鬼哀哀求饒：「算了算了，我不要了。」

女鬼轉而去找這家的大女兒，這個時髦的女孩立即打開衣櫥，大方的說：「只要是妳喜歡的，就送妳吧。」

　　「謝謝！」女鬼先是很感激，但才看了一會兒，就尖叫起來：「這也叫『衣服』嗎？布這麼少！怎麼穿哪？還有這件，簡直像乞丐穿的！天哪，我已經在這裡待這麼久了嗎？怎麼會這麼脫節啊？」

　　「噯，」大女兒不高興的說：「妳不喜歡就算了，那妳就趕快走吧，不要批評我的衣服！」

　　被大女兒轟出來以後，女鬼困惑的窮嘀咕：「真是奇怪的一家人，我只不過是想要一件衣服呀，紙衣服也可以──」

　　忽然，有人打斷道：「你說你要紙衣服？我可以幫你做啊。」

　　女鬼低頭一看，原來是那七歲的小女孩。

　　「太好了！太好了！」女鬼喜極而泣：「我可以訂做嗎？」

「沒問題，」小女孩很有把握的說：「做紙衣服我最拿手了，妳喜歡什麼樣子、什麼顏色，儘管跟我說罷！」

——選自一九九六年十一月亞太經網版《糊塗大頭鬼》

★
女鬼的新衣
★

Part.10

冒失的
掃把星

有一顆彗星，不知道叫什麼名字，拖著一條長長的尾巴，從太空深處急急奔來。

「失火了！失火了！」彗星一路衝，一路叫。

他橫衝直撞，打破了「水瓶座」的瓶子，撞掉了「天秤座」的寶貝秤錘，撞散了「雙子座」的難兄難弟，還把「巨蟹座」、「天蠍座」和「魔羯座」撞得四腳朝天，頭暈眼花！

「哇！」到處都是尖叫和慘叫聲，原本平靜的星空，現在變得一塌糊塗。

偏偏那顆闖禍的彗星還在繼續往前衝，繼續大聲窮嚷嚷：「失火了！失火了！」

天上的星座都快氣昏了。「人馬座」和「獅子座」實在氣不過，快步追上去，攔住那顆可惡的彗星。

「嘿，你在幹嘛啦，到底哪裡失火了？」「人馬座」生氣的問。

彗星還是急得要命：「哎呀，這還用問，當然是我的屁股著火了呀！拜託你們趕快走開，別攔著我，我得趕

★ 冒失的掃把星 ★

快趕到銀河，然後跳進去……」

「人馬座」當然不肯放手，還是死命攔著彗星，並且奇怪的問：「你的屁股沒什麼不對嘛，不是好端端的嗎？」

「急死人了，明明都冒出火焰了，還說什麼好端端的……」

他的話還沒說完，「獅子座」已經忍不住用獅爪猛拍他一下。「鎮定一點，老兄！你哪有屁股著火？你看，你自己摸摸看，一點也不燙嘛。」

「是呀！」「人馬座」也說：「你只是拖著一條尾巴而已呀，彗星不都是這個樣子的嗎？」

「啊，真的沒有著火？真的只是一條尾巴？」彗星這才安靜下來，對著自己的尾巴瞧了又瞧：「對不起，我太冒失了！仔細看看，其實不太像火焰，反而比較像掃把耶！奇怪，我怎麼會弄錯了呢……」

他紅著臉，無聲無息的劃過天際……

「哎呀，忘了問他叫什麼名字，下次他再來的時候，我們可得小心點。」「人馬座」說。

「就叫他『冒失鬼』好了，」「獅子座」回答：「希望他至少過一百年以後再回來！」

——選自一九九七年十二月民生報社版《複製瞌睡羊》

冒失的掃把星

Fairy Tale

Part.11

家在何方？

這天夜裡，大頭鬼老三正無所事事的到處亂飄，忽然聽到黑暗的牆角傳來陣陣悽慘的哭聲。

「咦，這哭聲聽起來好熟悉呀！」好心的大頭鬼老三趨前一看，赫然發現——

「粗心鬼！」老三十分意外：「怎麼會是你！你怎麼會在這裡？」

「我——我找不到家啦！」粗心鬼簡直是泣不成聲。

「是嗎？」大頭鬼老三一聽，心裡十分難過。

可不是？由於時代變遷得太快，都市面貌也改變得太多，「找不到原本的家」、「找不到回家的路」是眾鬼

家在何方？

8o

常有的感慨；現在──連粗心鬼也嘗到這種苦澀的滋味了？

想著想著，大頭鬼老三覺得非常不忍，於是拿出奇奇小鎮的地圖，熱心的對粗心鬼說：「來，把你家的地址告訴我，我來幫你找。」

「嗚──你一定找不到的。」粗心鬼抽抽搭搭的從懷裡拿出一張縐巴巴的紙。

「愛心路四段──」大頭鬼老三念念有辭：「看起來應該不難找嘛。」

「才怪！」粗心鬼傷心的說：「我已經找了三天三夜了──咦？」

粗心鬼忽然眼睛一亮，盯著大頭鬼老三手上的地圖：「你的地圖怎麼這麼特別啊？」

「喔，這是最新式的『古今對照地圖』。」老三解釋：「是專門給咱們這種太久沒回家的人用的。」

這種地圖，有上下兩層，下面那層，是手繪的地圖，上面那層，是透明膠片，有好多新式的建築；這麼一

來，只要將兩張地圖重疊在一起，就可以知道在昔日的古蹟上，蓋了哪些新式的建築。

粗心鬼湊過來一看，喜孜孜的說：「嘿，這種地圖真的好方便耶，趕快幫我對照一下。」

萬萬沒想到，對照的結果，令他們倆都大吃一驚。

「我的天！」粗心鬼和大頭鬼老三齊聲大呼：「愛心路整個都不見了！居然變成大湖了！這是什麼時候的事呀！」

大頭鬼老三同情的拍拍粗心鬼：「老兄呀，難怪你找不到回家的路，這個改變實在是太大了！」

「說的也是，真的是景物全非了呀！」粗心鬼更是不勝唏噓。

接下來，粗心鬼和大頭鬼老三忍不住互相怨嘆起來。

粗心鬼說：「唉，想當初，咱們鎮上多麼風光秀麗、風景如畫呀——」

粗心鬼簡直是出口成章，一開口就哇啦哇啦的講個沒完，一會兒詠嘆往日風景，一會兒又批評現代景物，忙得不得了。

　　大頭鬼老三很有禮貌的聽了半天，終於，在粗心鬼停下來喘一口氣，稍事休息的時候，好不容易才逮住機會插上一句話：「說真的，雖然現在這個大湖也不難看，可是我還是很懷念以前愛心路上綠樹成蔭的『綠色隧道』，唉，那可是咱們奇奇小鎮的標誌啊──」

　　「什麼？」粗心鬼忽然跳起來，一把猛掐住大頭鬼老三的臂膀：「你再說一遍！」

　　「什麼再說一遍？」老三一頭霧水。

　　「你說──」粗心鬼氣急敗壞的問道：「這裡是奇奇小鎮？」

　　「是啊，有什麼不對？」老三還是不懂。

　　「天哪！」粗心鬼簡直快暈倒了：「我家是住在古怪小鎮，不是在奇奇小鎮哪！」

　　「你──你怎麼那麼粗心啊！」老三忍不住大罵。

「你也很糊塗啊，也不先問問我是在哪一個小鎮！」
嘿，粗心鬼也不甘示弱的立刻回罵。

　　他們倆一個粗心、一個糊塗，吵到後來，恐怕只能怪為什麼奇奇小鎮和古怪小鎮都有什麼「愛心路」，讓人分不清楚！

——選自一九九八年四月亞太經網版《再見大頭鬼》

家在何方？

Fairy Tale

Part.12

破廟裡的勞碌鬼

儘管沒有粗心鬼作陪，大頭鬼老三決定還是要去古怪小鎮看一看。

　　這天晚上，經過一座破破爛爛的小廟。老三心想：「這座小廟好像已經荒廢很久了，看起來鬼里鬼氣的，不知道有沒有咱們的好兄弟或好姊妹？」

　　想到這裡，老三就打定主意要進去瞧一瞧。

　　一飄進陰森森的破廟，老三馬上扯著嗓子，客客氣氣的問：「請問——有人在家嗎？」

　　一片死寂。

　　老三想想，不對呀，我不是來找人的，於是又立刻改口大聲問道：「請問——有鬼在家嗎？」

　　話聲剛落，破廟大梁上就幽幽傳出：「誰呀？」然後，「咻！」的一聲，飄下來一個面色慘白的老頭兒，老頭兒是盤腿飄下來的，他左腿上擱了一個本子，左手托著一個算盤，右手則滴滴答答的撥弄著算盤上的珠珠，看起來十分忙碌，以至於只匆匆看了老三一眼，就把視線移回到自己的本子和算盤上。

「你是誰呀？」老頭兒頭也不抬的問。

「我是大頭鬼老三。」

「我是勞碌鬼，」老頭兒還是盯著自己擱在腿上的本子，不經意的問：「你來這裡，有什麼事嗎？」

「我只是路過——想想也許可以碰到什麼夥伴，談一談。」

「談一談，談什麼？」勞碌鬼還是低著頭，飛快的撥弄著算盤珠子。

老三答不出來了，結結巴巴的說：「談談就是談談嘛，比方說——對了，你為什麼不改用計算機呢？即使是在咱們地府，我也很久很久沒看過這種算盤了。」

「傻小子，計算機哪有這麼好聽的聲音啊！」勞碌鬼說著，又用力撥弄了幾下：「你聽聽這聲音！多麼清脆！多麼悅耳！只要一聽這聲音，我的五臟六腑都舒服極了！精神也振奮極了！」

見勞碌鬼這麼陶醉、這麼投入他手邊的工作，老三有些不安：「請問，你還要多久才會算完？我會不會打擾

了你的工作？」

「放心吧，你一點兒也不會影響到我，本人向來是擅長一心數用的，何況——」勞碌鬼又翻了一頁，算到一個新階段：「這個帳本，其實我已經算了好幾百萬遍了。」

「真的？」老三感到很意外：「那你為什麼還要一直算呢？」

「不算就沒事幹哪，傻小子！難道你忘了，我是勞碌鬼嘛！」

「那你為什麼偏偏要當勞碌鬼呢？」

一聽到這句話，勞碌鬼忽然停下來，正經八百的看著老三：「小伙子，你剛才說你叫什麼名字？」

「大頭鬼老三。」

「我問你，什麼鬼不好當，你偏要當大頭鬼？還偏要當老三？當老大不好嗎？」

「我不知道，我天生就是大頭鬼，而且天生就是老三。」老三一臉無辜。

「這不就結了？我也是天生就是勞碌鬼呀！」

「可是──勞碌鬼太辛苦了啊！」

「小伙子，這個你就有所不知了，」勞碌鬼露出一絲驕傲的笑容：「辛苦本身，也是一種樂趣啊！」

說到這裡，勞碌鬼似乎覺得談話已經可以告一個段落，於是就低下頭，再度埋頭算起帳來。

老三看了他半天，發覺很難再跟他談些什麼了：「我看我還是走吧！不過，我想請問你最後一個問題，你怎麼會單獨在這裡呢？」

「這都該怪我老婆，」勞碌鬼盯著帳本，根本不看老

三：「她硬要我參加什麼『鬼月觀光團』，還不准我算帳，這怎麼行！不算帳，人生多乏味啊！我一氣之下，出發第一天，就乾脆脫團留在這裡算帳算了，等他們玩完了，要回去的時候，再順便來叫我。唉，真是的，我早就說了嘛，反正我到哪兒都是算

帳，幹嘛還要出來呢？還要多花冤枉錢！虧本了！虧本了！」

　　看勞碌鬼一臉懊喪的模樣，大頭鬼老三覺得好同情他；只是——他不確定，到底該同情他什麼？

——選自一九九八年四月亞太經網版《再見大頭鬼》

★ 破廟裡的勞碌鬼 ★

Part.13

家有惡龍

　　有一天，阿麗在草叢裡散步的時候，無意中踩到一個硬硬的疙疙瘩瘩的東西。

　　「哇啊！」草叢裡猛然傳出一聲石破天驚的尖叫。

　　阿麗立刻知道，她一定是不小心踩到了一隻小動物。可是她還來不及開口道歉，就不由自主跟著「哇啊！」一聲慘叫起來。

　　那個小動物對於阿麗的「不小心」顯然馬上加以反擊，狠狠的咬了她一大口，而且一咬就不肯鬆口

　　阿麗一邊慘叫，一邊本能的亂踢亂揮那遭受攻擊的右腳，可是不管怎麼揮、怎麼踢，就是弄不掉，真是痛死人了！

　　「哇！別咬啦！痛死我啦！對不起啦！」阿麗拚命的道歉，並且低著頭拚命找尋道歉的對象。

　　可是草太密了，什麼也看不見。

　　阿麗只好忍著痛，拔足狂奔，一直到奔出那片草叢，那隻好凶好凶的小動物還咬著她的右小腿。

　　「喂！你也太過分了吧！」阿麗大喝一聲：「再咬下

去我的腿就要斷了啦！人家都已經跟你道歉了，哪有還這樣一直咬著不放的？」

那隻凶巴巴的傢伙這才住口，狠狠的瞪了阿麗一眼，酷酷的說：「下次要小心一點！」

阿麗不服氣，大叫道：「你也不對啊！誰叫你躲在草叢裡，誰會注意到嘛——」

說到一半，阿麗忽然停下來，因為她現在才注意到，這隻小動物長得真像一隻暴龍。

「咦，你長得好像——」

不等阿麗說完，小傢伙就已經不耐煩的打斷道：「我知道妳要說什麼，妳要說我長得好像一隻暴龍，對不對？哼，告訴妳吧，我本來就是一隻暴龍！」

「我才不信！」阿麗說：「暴龍哪有這麼小？」

「那是因為——」小傢伙洩氣的說：「我是一隻得了『侏儒症』的暴

龍。」

「哦？」看他這麼難過的樣子，阿麗一時也不知道該說些什麼。想了半天，才問：「那你叫什麼名字？」

「我沒有名字。」小暴龍有些自暴自棄的說：「一個沒有朋友的傢伙，還要名字幹嘛？又沒有人會叫你。」

「別這麼說，我來做你的朋友吧，」阿麗安慰道：「我替你取一個名字。嗯——就叫做『惡龍』好了。你覺得怎麼樣？」

「惡龍？——不錯，聽起來很酷。」小傢伙點點頭，表示滿意。

「惡龍，要不要到我們家來玩？」阿麗笑咪咪的邀請道：「如果你喜歡的話，就住下來好了，我一直很想養一隻流浪龍，沒想到能養到一隻暴龍，真是太棒了！」

「慢點，我還沒同意要被妳養呢！」惡龍踟踟的說：「妳先告訴我，妳家有好玩的嗎？」

「有啊，我有好多積木，還有好多骨頭玩具。」

「妳會替我準備食物嗎？我可是吃肉的！」

「沒問題，我會給你準備很多很多的肉。」阿麗熱情的說：「我還會跟你一起共用我的小山洞，還有我的落葉床。」

「聽起來還不錯。」惡龍露出一個恐怖的笑容（因為他的牙齒看起來又尖又利），然後就跟著阿麗回家了。

「這是惡龍，以後他就住在我們家，我來照顧他！」阿麗簡短的向爸媽宣布。爸爸媽媽勉為其難的同意了。（其實他們是怕不答應的話，惡龍會咬人。）

惡龍就這樣在阿麗家住了下來。

惡龍和阿麗真的成了形影不離的好朋友。連阿麗上學的時候，惡龍都堅持要跟著一起去，忠心耿耿的蹲在阿麗的腳邊。

不過當老師問阿麗問題的時候，惡龍會瞪著老師，有的時候還瞪得很凶。

漸漸的，老師都不敢再問阿麗任何問題了。

——選自一九九八年二月亞太經網版《原始人阿麗》

Part.14

惡龍發飆

阿麗把惡龍帶回家後，爸爸和媽媽都很煩惱。

爸爸皺著眉頭說：「咱們這個女兒也真是的，不跟同伴玩，偏愛跟那些恐龍鬼混，來往的恐龍還愈來愈怪，前一陣子才交了一隻得了『巨人症』的雷龍，現在又交了一隻得了『侏儒症』的暴龍，真是受不了！」

「噓！小聲點。」媽媽緊張的四下張望一番：「惡龍今天早上肚子不太舒服，沒跟阿麗去上學，小心別讓他聽見，我怕他會不高興。」

「啊？真的？惡龍在家？」爸爸一聽，立刻也緊張起來：「那他現在在哪裡？在阿麗的小山洞裡嗎？」

「大概是吧！」媽媽小聲的說：「不過說真的，你有沒有覺得，惡龍真的好凶啊，已經有鄰居跟我抱

惡龍發飆

怨了——」

「是啊，我也覺得惡龍好凶，」爸爸比媽媽更小聲的說：「妳說咱們是不是要弄一塊警告牌什麼的，來提醒一下周圍的鄰居？」

當惡龍一覺醒來，想到大山洞裡來找點東西吃的時候，他看到一個奇怪的景象——阿麗的爸爸和媽媽幾乎頭碰頭，神祕兮兮的不知道在嘀嘀咕咕說些什麼。

「這兩個傢伙在幹嘛呀？」惡龍感到很納悶，於是清清嗓子，打算開口要東西吃。

「喂！我想要——」

結果他一開口，阿麗的爸爸媽媽竟然「哇呀！」一聲尖叫著跳起來，惡龍也被嚇得大吼了兩聲。

「惡龍，你嚇死我們了！」媽媽拍著胸口說。

「就是啊！」爸爸也驚魂甫定：「在家裡不必這麼鬼鬼祟祟的呀！你什麼時候過來的，我們都不知道，有事嗎？」

「我肚子餓了。」惡龍直截了當的說，心裡不服氣的

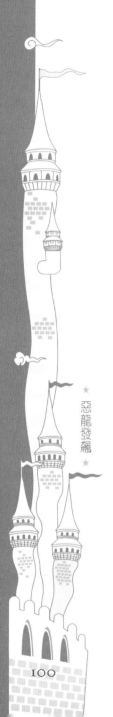

想：「我鬼鬼祟祟？有沒有搞錯啊！我看你們才鬼鬼祟祟的呢！」

媽媽一聽惡龍肚子餓了，馬上緊張的跳起來：「我馬上替你準備食物，請稍等！」

過了一會兒，當惡龍正在狼吞虎嚥，他看見阿麗的爸爸媽媽合力在家門口豎了一塊牌子，惡龍想不透那塊牌子是做什麼用，感到很好奇。

惡龍吃得很飽，精神頓時好多了。

「喂！我吃飽囉！」他愉快的跳下桌，跑出去觀察那塊奇怪的牌子。

這個時候，阿麗的爸爸媽媽早就分別忙自己的事去了。惡龍獨自盯著那塊牌子，怎麼也看不懂。

他費力的辨識了半天，終於猜到木牌上好像有四個字；但是到底是哪四個字呢？惡龍一點也沒概念。

「大概是『歡迎光臨』吧！」惡龍猜想：「還是『賓至如歸』？或者是『高朋滿座』？」

沒想到，等阿麗放學回來，一看到這塊牌子，就生

惡龍發飆

氣的大叫：「幹嘛弄出這個亂七八糟的牌子！」

　　說完就丟下獸皮做的書包，兩手抱住木牌，三搖兩搖就把那塊木牌給拔起來，扔在一旁。

　　「喂！」惡龍有點不安的蹦過來，仰著頭看阿麗：「這塊牌子上到底寫了些什麼？」

　　「寫『家有惡龍』啦！真討厭！」阿麗忿忿的說，隨即馬上安撫惡龍：「你可不要介意——」

　　不過，來不及了，惡龍已經火冒三丈，大發雷霆起來：「什麼？什麼！我只是名字叫『惡龍』，又不是真的惡龍！」

　　他愈想愈氣，開始一邊吼，一邊亂挖附近的土堆，並且破壞爸爸的菜園和媽

媽的花園。左右鄰居們都嚇
壞了，紛紛逃難似的尖叫走
避。

「惡龍別這樣！」阿麗
急得大叫。

緊接著，就在惡龍仰
天對日狂吼，發洩怒氣
的時候，一件不可思議
的事情發生了──太
陽居然消失了！天黑
了！

「哇！惡龍把太陽都嚇跑了！」圍觀的人都驚恐的大
叫。

惡龍自己也愣住了，嘀咕著：「我怎麼會這麼厲害
呀？」

阿麗急得直跺腳：「惡龍！快把太陽給弄回來！」

在惡龍急得東解釋、西解釋，滿頭大汗的時候，太

★ 童話列車・管家琪童話 ★

陽又出現了。

「這到底是怎麼回事啊？」惡龍感到十分莫名其妙。

其實，剛才是正巧碰上了「日蝕」，只是原始人都不知道而已。

——選自一九九八年二月亞太經網版《原始人阿麗》

Part.15

最厲害
的動物

在陰暗的老鼠洞裡，老鼠老師正就著微弱的燈光在跟幾隻小老鼠上課。

黑板上掛了一張貓的大圖片，老師指著那張圖卡說：「在這個世界上，在所有的肉食動物中，貓是最可怕、最殘忍、最凶惡、最厲害的一種動物……」

「不對吧？老師，」小老鼠東東說：「聽說獅子、老虎，還有其他好多動物都比貓厲害。」

小老鼠丁丁也說：「是啊，我也這麼聽說過，貓好像不是最厲害的。」

老師本來很想問：「獅子和老虎是什麼東西？」但轉念一想，萬一獅子、老虎是很有名的東西，這樣一問，不是就顯得自己很孤陋寡聞嗎？於是立刻改口問道：「你們是聽誰說的？」

「我們是在書上看到的。」小老鼠東東和丁丁異口同聲的回答。

「這就對了，」老師露出得意的笑容：「書上說的事怎麼能夠全信呢？很多都是那些作者亂編的呀！」

「可是——」

東東和丁丁顯然很不同意，但是老師根本不讓他們講完，就凶巴巴的打斷道：「實務最重要！聽到沒有！老師教給你們的都是最重要的實務！最慘烈的心血結晶！你們一定要好好的學、認真的學！」

東東和丁丁夾著尾巴，都不敢作聲了。

老師繼續板著臉孔教訓道：「你們真是太不知天高地厚了！居然還敢懷疑貓不是最可怕的肉食動物！難道你們忘記了住在我們學校附近的那隻大黑貓，是多麼冷酷無

情的吃掉了我們多少的同胞……」

　　老師正訓到一半，突然，一隻遲到的小老鼠咪咪，興高采烈的衝進教室，開心的大嚷著：「太好了！告訴你們一個好消息！我剛才來學校的時候，看見大黑貓跟大黃狗打架，結果，大黑貓被咬死了！」

　　「啊，真的嗎？」這個消息實在是來得太過突然，老鼠老師一臉錯愕，不知道該說什麼才好。

　　倒是小老鼠東東和丁丁說話了。

　　東東說：「老師，最可怕、最厲害的動物被消滅了，世界和平了。」

　　丁丁則是一本正經的問：「老師，以後我們是不是就不用上學啦？」

　　　　　——選自二○○○年八月幼獅版《失眠的驢子——幽默的童話俗語故事》

笨賊的故事

從前，有一個人，從小就笨頭笨腦，再加上父母早逝，沒有人照顧他，日子一直過得很辛苦。

在他二十多歲的時候，仍然流落街頭，找不到什麼固定的工作。有一天，一個中年人對他說：「不如你就跟著我吧，我會教你一身的好功夫，讓你從此不愁吃喝。」他聽了以後，非常高興，就真的拜那中年人為師父。

其實，那個看起來好像很好心的中年人是一個老賊，於是，那個孤苦無依的笨傢伙就這樣糊里糊塗成了小賊。

在一個月黑風高的晚上，老賊帶著小賊到一個大富翁的家裡去偷東西。老賊用工具在牆上挖了一個洞，然後告訴小賊：「我在這裡把風，你進去偷，盡量偷細軟，還有，千萬不

要吵醒人家。」

「細軟」是指像錢和金銀珠寶這一類的東西，可是小賊不懂，進去之後，竟然偷了兩個布袋，因為裡頭裝的是棉被，小賊覺得棉被摸起來軟軟的，一定就是「細軟」。

老賊好生氣，改口吩咐道：「不要挑那些摸起來軟軟的東西，那些東西多半不值幾個錢，你就偷一些又重又硬的東西好了。」

老賊心裡想的是金條，他聽說大富翁在家裡藏了好多金條，金條不是又重又硬嗎？

這回，小賊氣喘咻咻的搬了一臺洗衣機出來！

「師父，」小賊滿頭大汗的說：「屋裡還有好多家具都比這玩意兒重，我本來想搬電冰箱，但是實在搬不動。」

「天哪！你真是笨死了！」老賊差點兒就要當場跳腳；沒辦法，為了趕快得手，老賊只好按捺住滿腔的怒氣，耐性的、仔細的又跟小賊形容了一番：「你注意聽我說，你要找那些閃閃發亮的東西，輕輕敲一下還會發出輕脆好聽聲音的，最值錢了，懂不懂？」

「喔，我終於懂了。」小賊歡天喜地的又爬進去。

結果，他找到一個面銅鑼，這是大富翁的兒子在學校鼓號樂隊裡所用的樂器。

「沒錯，這跟師父形容的一樣，挺重、挺硬，又閃閃發亮……嗯，我來試試敲敲看，看看會不會發出輕脆好聽的聲音。」

說著，小賊就朝銅鑼敲了一下——

「噹！」的一聲，銅鑼發出了好大的聲音！

「誰？」大富翁一家都驚醒了。

小賊自己也嚇了一大跳，趕緊落荒而逃。

老賊和小賊狼狽萬分的逃回他們的狗窩之後，老賊生氣的痛罵道：「你這個笨傢伙，整個觀念都不清！居然

連什麼東西值錢、什麼東西不值錢都不知道！」

為了一勞永逸，老賊只好連夜從基礎課程教起。他把鈔票、手錶、鬧鐘、皮夾一大堆的東西統統攤在桌上，一一向小賊解說它們的價值。

過了幾天，同樣是在一個月黑風高的晚上，老賊帶著小賊又來到大富翁的家，又在牆上鑿了一個洞。

「進去吧，」老賊小聲吩咐道：「去偷一個最有價值的東西出來，這次可別再讓我失望了。」

小賊小心翼翼的爬進去。一爬進去，他就發現屋裡有人醒著。原來，大富翁的兒子生病了，大富翁夫妻倆正在細心照顧，又是餵藥，又是拍背，又是抱抱，絲毫沒有不耐煩。小賊看著看著，眼角忍不住就溼了。

他又小心翼翼的退了出去。

「怎麼樣？」老賊性急的問著：「你拿了什麼東西出來？」

小賊眼淚汪汪的說：「他們對小孩真好啊，這肯定是屋子裡最有價值的東西了，可是，我沒辦法把他們倆都搬出來呀，他們都比我重！」

　　老賊不敢置信的瞪了小賊半天，最後終於咬牙切齒道：「我真是倒了八輩子楣，才會收到你這麼一個無可救藥的笨徒弟！」

　　說完，老賊就氣呼呼的走了。

——選自二〇〇〇年九月幼獅版《紡紗女——有趣的童話寓言故事》

笨賊的故事

黃鼠狼的美夢

豬媽媽最近覺得好煩，因為有一隻黃鼠狼老是黏在他們家附近，不肯離去。

最初，豬媽媽還客客氣氣的問：「黃鼠狼先生，請問你有什麼事嗎？」

「沒事，沒事。」黃鼠狼也客客氣氣的回答。

隔了幾天，豬媽媽不太耐煩了，又問了一次：「黃鼠狼先生，請問你到底有什麼事啊？」

「沒事，真的沒事啊。」

「那──」豬媽媽感到十分狐疑：「為什麼你老盯著咱們家瞧呢？」

「我──我就是喜歡看看你們嘛！」黃鼠狼的臉上竟然還有些不好意思的神情。

豬媽媽有些不安的想著：「這傢伙該不會是別有居心吧？」

「對了，」豬媽媽說：「你以前不是總喜歡去看雞的嗎？尤其是在過年

的時候。什麼時候突然變得這麼愛看咱們豬啦？」

是啊，有一句歇後語不是這麼說的嗎？——「黃鼠狼給雞拜年，不安好心！」

一聽豬媽媽這麼說，黃鼠狼趕緊連連否認：「雞？快別提那些教我倒胃口的東西了！我才不喜歡吃雞呢！真搞不懂，雞那麼多毛，有什麼好吃！」

看黃鼠狼大談跟「吃」有關的事，豬媽媽的警覺心

愈來愈強。

豬媽媽望一望身邊正在熟睡的小寶貝們，小心的試探道：「那——你喜歡吃什麼呢？」

「小兔子！」黃鼠狼毫不猶豫的回答，臉上現出一副饞相：「我最喜歡吃活蹦亂跳、充滿彈性的小兔子了！」

「可是——」豬媽媽還是不能理解：「你老黏在我們這裡做什麼呢？我們這裡又沒有小兔子！」

「現在沒有，等一下就會有的。」黃鼠狼信心滿滿的說。

「為什麼？據我所知，咱們這裡方圓百里之內，可是一隻兔子也沒有啊！別說小兔子了，就連老兔子也沒有！」

「啊，怎麼會呢？一定會有的，一定會有的！」黃鼠狼似乎有些急了。

「為什麼你會這麼確定啊？」豬媽媽奇怪的問。

「因為這是人家教我的呀！」

原來，這隻滑稽的黃鼠狼錯把「守株待兔」聽成「守『豬』待兔」啦！

　　　　——選自二○○一年六月聯經版《黃鼠狼的美夢——脫線成語2》

★ 黃鼠狼的美夢 ★

Fairy Tale

Part.18

四張臉
的麻煩

這天，妖怪小學開朝會的時候，獨眼校長顯得格外興奮。

「各位同學！我要宣布一個大好的消息！」

所有的小妖怪全都豎直了他們尖尖細細、長短不一的耳朵，充滿好奇的等候。

「會是什麼好消息呢？」每一個小妖怪都非常期待。

獨眼校長繼續激動的說：「我們真的非常非常榮幸，能夠在下禮拜週會的時候，邀請到一位非常非常特別的嘉賓，來給各位小朋友做專題演講……」

才半秒鐘的工夫，所有奇形怪狀的耳朵都倒了下來，這當然是代表所有的小妖怪都懶得聽了。真是的，這算是什麼好消息嘛，小妖怪們的心裡都很失望。

獨眼校長立刻提高了音量：「噯，你們要聽我講啊，不要不聽啊。」

你看，只要一不聽，人家立刻就會發現，這就是做妖怪的壞處。

「這位特別來賓哪，可是大有來頭……」

一半以上的小耳朵又豎起來了，不過他們實際上也沒抱多大希望，反正一定是個很出名的妖怪，或是什麼出名妖怪的子孫，如此而已。

　　獨眼校長說：「他是黃帝的後代呢！非常聰明、非常智慧……」

　　黃帝的後代？歷史故事上的那個黃帝？這倒真有點兒特別。不少小妖怪都恢復了興趣。

　　到了週會那一天，特別來賓黃先生準時駕到。他的外表讓人看了第一眼就會感到印象深刻；黃帝有四張臉，這位黃先生也是！

　　黃先生還帶了他的寶貝兒子小黃一起來參觀妖怪小學，小黃也有四張臉，背面那張臉還沒洗乾淨，不過看在他是「特別來賓之子」的分上，沒人敢當面告訴他。

　　或許黃先生真的很有學問，也真的很聰明吧。可惜他的口才實在不怎麼樣，因此小妖怪們實在很難專心，可是黃先生還挺凶的，也挺嚴格，他不准小妖怪們分心，一定要強迫他們專心聽講；更「糟糕」的是，他老兄有四張

臉，任何一個方向的小妖怪如果輕舉妄動，不專心聽講，都難逃他的法眼。因此，這天的週會演講真的非常特別，因為特別來賓不斷自己插自己的嘴！

「小朋友，我們該怎麼做一個——那邊第二排中間的小朋友坐好！——該怎麼做一個文明的小妖怪呢？首先——喂！坐在臺階旁邊綠皮膚的小朋友，淺綠的，不是深綠的，你在做什麼？把耳朵豎起來！——首先，我們要以身為妖怪為榮——噯，我說校長大人哪，你怎麼打起瞌睡來了？這太不禮貌了吧！……」

背面那張臉因為面對校長（講臺上只坐了他一個人），所以只好糾正校長，弄得校長很不好意思。

總之，這場演講實在是聽得好累！

好不容易，演講終於結束了，黃先生威風八面的走下講臺，帶著寶貝兒子小黃開始參觀校園。獨眼校

長特別指派了幾個小妖怪來陪著小黃，長髮女妖小梅杜莎剛巧也在其中。

小梅杜莎問小黃：「噯，有四張臉是什麼感覺呀？」

小黃瞪了她一眼，反問：「妳有一頭的小蛇是什麼感覺呀？」

小梅杜莎趕緊說：「你別生氣，我是說真的啦！有四張臉我想一定很好吧，你看你爸多厲害！」

「有四張臉才煩人哪！」

「為什麼？」

小黃不理她，或者是懶得理，小梅杜莎只好自己猜想，大概是每天都得多洗三張臉，有點兒麻煩吧；直到參觀電腦教室時，小梅杜莎才知道了真正的原因。

——只見小黃衝到一部電腦前面，興高采烈要試打最新的電動遊戲，可是才剛打沒多久，另外三張看不到螢幕的臉就一直鬼喊鬼叫：「不公平！不公平！」

真的好煩人哪！

——原載二〇〇二年九月十七日《國語日報・兒童文藝》

Fairy Tale

Part.19

妖怪小學
的郊遊

這天，蜘蛛精老師笑咪咪的向全班的小妖怪宣布：「告訴大家一個好消息！我們下禮拜三要出去郊遊囉！」

小妖怪們一個個都很老成，換句話說，就是沒那麼好哄啦！在還沒有弄清楚是要去哪裡郊遊之前，他們是不會那麼早就先高興的。因為，每一個小妖怪都知道，如果地點不對，所謂的「郊遊」真是一點意思也沒有，還不如在家睡大覺。

蜘蛛精老師也不是省油的燈，她很快就看出了小妖怪們的心思，繼續笑咪咪的傳達有關郊遊的訊息。不過說真的，小妖怪們還真寧可老師不要笑算了，別忘了這是妖怪學校耶，妖怪們熟悉的笑容是那種邪惡的笑、陰森森的笑、猙獰的笑，總之絕不會是這種和藹可親的笑，妖怪們看到這種笑容，總會忍不住的起雞皮疙瘩。

「這次的郊遊真的很有意思，你們一定會滿意的，」蜘蛛精老師說：「因為我們要到人類的地盤去走一遭，你們將會見到很多人類的小朋友……」

這一次，蜘蛛精老師還沒說完呢，所有的小妖怪就

都興奮的大嚷起來：「耶！我們可以大吃一頓了！」

「什麼？大吃一頓？不可以不可以，絕對不可以！」蜘蛛精老師急著收起和藹可親的笑容，十分嚴肅的說：「難道你們忘了我平常是怎麼教你們的？我們要做新世紀的好妖怪，努力響應『妖怪文明運動』，遵守『妖怪文明守則』，守則第一條就是『不吃人類的小朋友』……」

「哎呀！」小妖怪們再度打斷蜘蛛精老師的話，頗為失望的叫著說：「原來妳是說真的呀！我們還以為那只是考試要考的內容而已呢。」

蜘蛛精老師說：「你們別這樣，『跟人類友好』一直是我們妖怪世界的理想，也許在你們身上可以做得到呢！為了跟人類友好，就必須增進接觸與了解，這也就是我們辦郊遊的目的，讓你們偶爾假裝一下是人類的小朋友，過一過人類小朋友的生活，比方說，我們就連這次郊遊的行程都是完全仿照人類團體出遊時的情況。」

　　假裝是人類的小朋友？偶爾來這麼一下也還有點意思。小妖怪們都安靜的等著蜘蛛精老師說下去。

　　「我們在車上要一直接力唱歌，歌喉好的不要唱，歌喉破的優先唱，還要一直講笑話，看誰講的最不好笑。噢，對了，你們還要練習如何暈車和嘔吐。」

　　「這太難了！」小妖怪們叫嚷著：「我們向來只會讓人家嘔吐。」

　　「所以才需要練習嘛，」蜘蛛精老師說：「最重要的是，你們要利用這次郊遊的機會，好好的練習一下化裝術，每個同學都要化裝成人類小朋

友的樣子。比方說，小梅杜莎同學，我建議妳找一塊漂亮的頭巾，把妳那特別的『頭髮』包起來。」

小梅杜莎同學覺得這是一個好主意，到了郊遊那一天，就真的這麼做了。

那天的郊遊，一開始都很順利，尤其是在車上的時候，小妖怪們都很認真的唱難聽的歌、講不好笑的笑話，並且認真的暈車和嘔吐，有的小妖怪吐得太認真，還不小心把昨天晚上喝的蜥蜴湯之類的怪東西都給吐了出來。

一切都很好，只是後來在山上出了一點「意外」。

他們碰到一群人類的小朋友，由人類老師帶著，也在做戶外教學，突然有人受了傷，另外一些人急得大叫：「毒蛇血清！我們需要毒蛇血清！現在就要！」

基於「跟人類友好」的原則，好心的小梅杜莎馬上熱心的說：「毒蛇血清？不要急，我這裡多得是！」

說著，就一把扯掉了頭上的頭巾，露出了一頭可怕的蛇髮！

結果，那群人類師生一看之下，在還沒來得及救自

已的同伴之前，就已經統統都嚇昏了。最後，那名需要毒蛇血清的傷者，還是妖怪小學的師生合力救治的。

——原載二〇〇二年八月二十七日《國語日報·兒童文藝》

★
妖怪小學的郊遊
★

Fairy Tale

Part.20

夢中的戰士

媽媽給小偉買了一個太空戰士，小偉喜歡得不得了。

從下午一到家開始，小偉就一直玩、一直玩，玩到晚上要睡覺了，還一直抱著寶貝太空戰士不肯鬆手。

媽媽耐心的勸著：「乖，放手了啦，太空戰士又不是絨毛玩具，渾身硬邦邦的，不適合抱著睡覺。」

「可是──」小偉嘟著小嘴說：「我喜歡太空戰士嘛。」

「太空戰士一定也很喜歡你呀，」媽媽笑著說：「乖，好好睡，我猜你今天晚上一定會夢到太空戰士的。」

「真的？」小偉眼睛一亮。

「真的，快睡吧。」媽媽替小偉蓋好被子，親了他一下，就把太空戰士拿到遊戲間去了。

不久，夜深了，大家都睡了，可是太空戰士睡不

夢中的戰士

著。他急死了。

「怎麼辦？」太空戰士著急的想著：「小偉希望今天晚上會夢到我，可是——我會發雷射光、會走路、會怒吼，偏偏就是不會到人家的夢裡去呀！」

他想了半天，決定要先靠近小偉再說。

「要到他的夢裡去，至少得先靠近他的腦袋吧。」太空戰士想著，就邁開沉重的機器大腳，「卡嚓」「卡嚓」往小偉的大頭邁進。

好不容易走到小偉的房間，爬上小偉的床。

「吁，累死了！」太空戰士跌坐在小偉的枕頭上，盤算著接下來該怎麼辦？是要用雷射光射小偉呢？還是用霹靂腳踩他？還是——

就在這個時候，小偉一翻身，手臂打到了太空戰士。太空戰士昏了，小偉醒了，望著心愛的太空戰士，高興的嚷著：「啊，你怎麼會在這裡？我正夢到你呢！」

——選自二〇〇四年三月幼獅版《惡魔和傻大個兒》

Part.21

虛擬紅包袋

為了因應經濟不景氣，妙妙科技公司的古博士決心要開發一種「虛擬紅包袋」，來造福所有的小朋友和大朋友。

　　「虛擬紅包袋？」古博士的老闆問：「這是什麼東西？」

　　「請容我先賣個關子吧。」古博士神祕兮兮的說。

　　不久，虛擬紅包袋開發成功，古博士迫不及待拿去給老闆看。

　　老闆看了半天：「這玩意兒要怎麼用？看起來跟普通的紅包袋沒什麼兩樣啊。」

　　「您必須雙手捧著，然後，雙手的大拇指同時按著那個『福』字……」

　　老闆乖乖照做，嘿，神奇的事立刻發生了！他忽然產生一種奇妙的幻覺，好像自己拿到了好多好多好多好多的壓歲錢，簡直像一個大富翁！

　　可惜，這種美妙的感覺來得快，去得也快，僅僅一分鐘就結束了。

「這樣就沒了？」老闆很不滿意。

古博士解釋道：「快樂的時光總是比較短暫的呀。」

老闆想了一想：「我覺得這樣不好，你可不可以換另外一個角度再想想？」

於是，經過一段時間的努力，古博士開發出第二代的虛擬紅包袋。

第二代的產品，用法和第一代一樣，只是會讓用的人立刻想起此生拿過最多壓歲錢的那次經驗，並且重溫當時的快樂情緒，歷時五分鐘。

古博士又去找老闆做實驗。很不幸，老闆從小到大，幾乎沒拿過什麼壓歲錢，最多的一次也不過只有區區五十塊。

五分鐘之後，老闆生氣的說：「太殘忍了！我早就忘記那些不愉快的經驗，現在卻又被你提起來了！」

被老闆凶了一頓，古博士並不氣餒，繼續潛心研發第三代的產品。

「這一次的革新方向一定無懈可擊！」古博士信心滿

滿的想。

又過了一陣子，第三代革命性的虛擬紅包袋終於開發出來了！這個產品捧在手裡，能讓人立刻忘記了「過年要給壓歲錢」這個習慣！什麼紅包袋、什麼壓歲錢，簡直從來就沒這回事！

「這下沒問題了吧！」古博士激動的說：「這是我好不容易、嘔心瀝血才想出來的一勞永逸的好點子……」

不料，捧著第三代虛擬紅包袋發呆的老闆，這時突然像清醒過來似的說：「奇怪，我拿著這個紅紙袋幹嘛？」

說完，竟立刻就把它丟進了碎紙機！

古博士的心血就這麼輕易的給毀了。

——選自二〇〇四年三月幼獅版《惡魔和傻大個兒》

Part.22

會比手勢的機器人

達魯是一個相當精細的組合機器人。

舉一個例子，就可以說明達魯有多麼的精細了——他的兩隻手，每一隻手的五根手指頭都可以動！因此，一般的組合機器人，「手」所能做的頂多是一把「抓」一支寶劍或一把雷射槍，達魯呢，不僅在「拿」武器的時候更輕鬆，手指頭還可以比手勢。

由於他的精細，小主人多花了兩倍的時間才把他組合好；組合好之後，小主人很高興，就把他的右手比了一個「耶！」——就是讓中指和食指站得直直的，大拇指、無名指和小指頭則按下去。

「耶！」小主人開心的叫著。

「耶！」達魯的心裡也開開心心的回應著。

這天晚上，當小主人睡著以後，達魯在組合機器人那一區裡引起了一陣不小的騷動，進而很快的小主人的每一個玩具都知道來了一個特別的夥伴。

機器人老大對大家說：「弟兄們，讓我們來熱烈歡迎一位新朋友——達魯！」

達魯一邊說「謝謝」，一邊很自然的就比了一個「耶！」的手勢，他還兩手都比，表示自己非常、非常的高興。

　　所有的機器人都看呆了，驚訝的問：「老天爺！你是怎麼辦到的？」

　　達魯眼看大家都死死盯著自己的手，會意過來大家是指他的手勢。

　　「你們是說這個嗎？」達魯謙虛的說：「這沒什麼啦！」

　　「了不起！」機器人老大說：「你是我們之中，第一個會比他們人類手勢的傢伙！你還會比別的手勢嗎？」

　　「嗯，我試試看。」達魯努力回憶白天在和小主人玩的時候，小主人曾經一連教他比了好幾個手勢。

　　達魯豎起了大拇指：「這是代表『很棒』。」

　　「哇，太棒了！」機器人弟兄全都讚佩的嚷嚷著。

　　達魯接著把大拇指往下：「這個相反，表示『很糟糕』。」

「簡直是天才！」弟兄們都興奮的吼著。

「還有一個手勢，不過我不能比給你們看，那是代表『很不好、很不好』的意思，今天小主人在教我比的時候，還被媽媽罵了一頓，媽媽說他不應該比髒話。」

「噢，我知道那個手勢，」機器人老大神祕兮兮的問達魯：「只需要用一根手指頭，對不對？」

「對。」

「而且——是最長、最中間的那一根？」

「完全正確。」

「是這樣嗎？」所有的組合機器人都躍躍欲試，可是他們的手都沒那麼精細，五根手指頭統統連在一起，根本沒辦法只伸出哪一根，而且達魯和機器人老大也紛紛勸阻道：「不能比、不能比，像咱們這麼斯文的機器人是不能比這麼粗魯的手勢的。」

從此，許多玩具夥伴有事沒事總喜歡纏著達魯，一個勁兒的要求：「你比個手勢給我們看好不好？」

有的人喜歡看「耶！」有的人喜歡看「很棒！」有

★ 會比手勢的機器人 ★

的人喜歡看「很糟糕！」達魯統統有求必應，讓大家都看得開開心心。

只除了每當有人想看那個神祕的、「很不好、很不好」的手勢時，達魯總是很有禮貌的拒絕了：「對不起，我們不能這麼粗魯呀！」

問題是，過了半個月之後，達魯突然有一種奇怪的衝動，一種粗魯的衝動——他的手，突然不太聽使喚了；最長，又剛好長在中間的那根手指頭，怎麼變得那麼癢，老是想要彈起來……

達魯覺得好害怕，著急的想著：「我是怎麼啦？我不是一個斯文的機器人嗎？怎麼會——」

他正在不知所措，機器人老大突然過來跟他說：「我有一件事想請你幫忙，以後每天凌晨，我向弟兄們做完睡前講話的時候，你可不可以幫忙豎一下你的大拇指？老實說，我最近的心情不太好，我需要想辦法鼓勵一下自己——你可不可以現在就豎一下？」

「沒——沒問題——」達魯拚命想豎起大拇指，可是

——大拇指不肯動，那根不該亂動的手指頭卻偏偏一直想動——

「怎麼了？」機器人老大催促著：「你快豎嘛！」

「——好，馬上，馬上！」達魯急得要命。

就在緊要關頭，達魯的救星——小主人來了！

小主人一來，達魯大約是心情一放鬆，力氣也放鬆，剛才他用意志力拚命壓住的手指頭這會兒竟猛然彈了起來。

「喲，怎麼回事？」小主人把達魯拿起來，檢查一番，發現達魯手部有一個零件鬆了，於是重新把它轉緊。

現在，達魯的心裡不再有那股粗魯的衝動，他安心的想著：「太好了，我又可以做一個斯文的機器人了。」

機器人老大則用一種不敢置信的口氣到處對大家說：「你們知道嗎？達魯真酷呀！居然敢對小主人比那個『很不好、很不好』的手勢！」

——選自二〇〇四年三月幼獅版《惡魔和傻大個兒》

Fairy Tale

Part.23

頑皮的繩子

老師把一條繩子放在講桌上。

「小朋友，今天我們來玩『聯想遊戲』，你們說說看，這條繩子看起來像什麼？」

小英說：「像姊姊的辮子。」

小強說：「像馴獸師手裡的鞭子。」

小明說：「像一根很細很長的草。」

小華說：「像一條毒蛇，真的，愈看愈像！」

小偉說：「我看像馬兒的尾巴。」

「嗯，很好，」老師說：「還有呢？還像什麼？」

小玲舉手了。「我說，它像一隻蝴蝶。」

「蝴蝶？」小朋友紛紛笑起來：「一條繩子怎麼可能會像一隻蝴蝶？這太離譜了嘛！」

「怎麼不可能？」小玲走上前，用那條繩子捆住三本書，還在上面打了一個蝴蝶結，神氣的說：「這不就像一隻蝴蝶了嗎？」

大家都沒想到，那條繩子原來是有靈性的；剛才當小朋友七嘴八舌的在說它像什麼的時候，它聽了半天，都

★ 頑皮的繩子 ★

不滿意，一直到現在，小玲用它打了一個蝴蝶結，還說它像一隻蝴蝶，它真是高興極了！於是，就伸伸腿兒，用力使了一下勁兒，竟然就掙脫了，並且飛走了。

「天哪！」小朋友都嚇了一跳，大嚷著：「竟然有這種事！蝴蝶結竟然飛走了！」

繩子一聽，還很不高興的說：「什麼『蝴蝶結』，我是蝴蝶！我本來就是蝴蝶！」

一轉眼，它就飛出了教室。

它飛得歪歪扭扭、踉踉蹌蹌，好像喝醉了酒似的。這是因為小玲打的蝴蝶結，兩邊的圈圈向來是一大一小，「振翅」起來當然會有點兒吃力。

「走！我們快去追！」老師趕緊帶領著全班小朋友，慌慌張張的跟在後頭，很快的也追出了教室。

蝴蝶結飛到了花圃，碰到一群可愛又美麗的紋白蝶。

蝴蝶結立刻熱情的頻頻打招呼：「嗨，你們好嗎？我是繩子蝴蝶！」

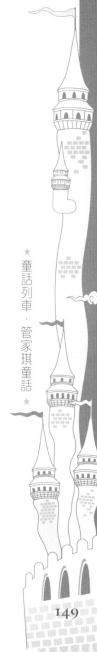

★ 童話列車・管家琪童話 ★

紋白蝶從來沒見過會飛的蝴蝶結，一個個都嚇壞了，紛紛尖叫著：「怪物！怪物呀！」然後就統統飛走了。

　　蝴蝶結很失望，又陸續跟蜜蜂、蜻蜓，甚至蒼蠅打招呼，想跟他們做朋友，但是，所到之處，只是引起一連串的驚叫。

　　老師和小朋友跟在後頭東跑西跑，也快累死了。

　　老師著急的說：「這條繩子，還真頑皮，怎麼辦呢？」

　　這時，蝴蝶結飛累了，正停在草坪上休息。

　　腦筋一向動得很快的小玲一看，馬上把握機會走上前，熱心的對蝴蝶結說：「來，我來幫你調整一下翅膀——」

　　說時遲、那時快，小玲趁蝴蝶結一不注意，趕快伸手把蝴蝶結用力一拉——這條頑皮的繩子，才總算安分下來，不動了。

——選自二〇〇四年三月幼獅版《惡魔和傻大個兒》

Fairy Tale

Part.24

鞠躬超人

鞠躬超人是整個超人谷裡最有禮貌的傢伙。

　　想和他打上一架，是一件非常費力的事。倒不是打架本身費力，而是在打架之前，鞠躬超人總要非常有禮貌的不斷鞠躬，不斷的說些「對不起」啦、「冒犯」啦、「不好意思」啦之類的話，真是累死人了！

　　很多人禁不起這樣的折騰，總是在這樣的禮尚往來中，鬥志完全瓦解，嘟嚷一句「算了！算了！我不打了！」然後逃之夭夭。

　　這天早上，鞠躬超人正要經過一座獨木橋，對面來了一個他不認識的傢伙，顯然也正打算要過橋。

　　「讓他先過來吧！」鞠躬超人心想，趕快讓到一邊，並且客客氣氣的對陌生人說：「老兄，請吧！」

　　沒想到，那人也已讓到旁邊，而且也很客氣的說：「不，老兄，還是您先請吧！」

　　「不，您先請。」鞠躬超人很堅持。

　　「不，應該您先請，」那人同樣很堅持：「我剛才看到您的右腳已經提起來了。」

「那是因為我腳癢，何況我現在已經放下來了。」

「不，還是應該您先請……」

兩人各自站在獨木橋的一頭，大聲喊話，相持不下。

不久，陌生人客客氣氣的說：「老兄，真是對不起！在我們國家，碰到像這一類無法解決的爭執時，必須按照唯一的方式來解決，那就是決鬥，我們恐怕必須決鬥了。」

「您的意思是我們必須打上一架？好吧！我尊重您的意見，」鞠躬超人說：「那應該我過去決鬥，還是您過來決鬥？」

「我過去吧！」

「不，還是我過去吧！」

他們都不想麻煩對方，又爭執起來。這個時候，已經是日正當中了。

最後，鞠躬超人勉強同意讓陌生人先過來。

等陌生人過來，兩個人擺好架式之後，一場沒完沒

了的爭執又開始了。

「對不起，冒犯了。」

鞠躬超人深深的鞠了一個躬。

「哪裡，都是我不好。」陌生人也回了一個禮，同樣鞠了九十度的躬。

「實在是不好意思，我要動手了。」鞠躬超人一邊鞠躬，一邊說。

「哪裡，您動手是應該的，請不要客氣。」陌生人也拚命鞠躬，拚命回禮。

他們就這樣從中午又一直爭執到黃昏。

終於，陌生人不敵，開口討饒道：「對不起，老兄，我實在是好累，咱們可不可以就算啦？」

「沒問題，我正有此意。」

陌生人又問：「可不可以請教您，超人谷怎麼走？」

「噢，我就住在那兒，我帶您去，請！」

「不，應該您先請⋯⋯」

天啊！這兩個禮貌超多的傢伙，又爭執起來啦！

——選自二〇〇五年四月文經社版《超人谷》

鞠躬超人

Part.25

邋遢超人

超人谷最近新增加了一個移民，那就是邋遢超人，他是從亂七八糟谷搬過來的。

　　不過，邋遢超人才剛搬來短短半個月，超人谷辦事中心就接到很多的投訴電話。

　　「邋遢超人居然在公園裡打赤膊！」

　　「邋遢超人居然穿著睡衣逛大街！」

　　「邋遢超人居然想穿著涼鞋上電影院！」

　　「邋遢超人是不是都不洗澡哇？今天坐公車時，我坐在他旁邊，他——他好臭！」……總之，就是一句話，邋遢超人實在是太邋遢啦！

　　辦事中心的工作人員一方面安撫每一個投訴者，希望大家對邋遢超人多一點寬容，畢竟人家剛剛才從亂七八糟谷移民過來，他這些生活習慣在亂七八糟谷可說是再正常也不過；當然，工作人員也頻頻保證，一定會儘快找邋遢超人談一談，或乾脆派人去特別輔導他，協助他儘快適應超人谷的生活方式。

　　那天下午，工作人員就緊急開會，討論到底該派誰

去輔導邋遢超人。他們討論了半天，都認為大概沒人願意去做這件討人厭的工作。因此，他們決定要強行發出徵召令！

徵召令在超人谷是有強制性的，任何人都得遵守，這樣他們想叫誰去就可以叫誰去。

然而，這到底還是一件很棘手的差事。在工作人員的心目中，每一個超人都是那麼的可愛，他們實在不忍心「陷害」哪一個。最後，他們決定用一種最公平、最沒有良心負擔的作法——抽籤吧！

第一個抽出來的是害羞超人。一看到寫著「害羞超人」的籤條，大家就知道這個任務一定完成不了了。果

然，害羞超人站在邋遢超人的面前，面紅耳赤的「你、你、你——我、我、我——」了半天，根本什麼也沒說。

第二次抽出來的是挑剔超人。挑剔超人對工作人員說：「在去執行這個任務前，我想先和你們討論一下，你們審核移民的作業有問題，太不嚴謹了……」為了不讓挑剔超人繼續挑剔下去，工作人員只好放棄了這次的徵召。

第三次，是總是「多說最後一句話」的多話超人。他才剛講了一分鐘開場白，就被邋遢超人給轟出來了；多話超人說：「辦事中心派我來看看你，表達大家對你的關心，我很榮幸擔任這個親善大使的工作——其實，我也是一千個不願意！」

第四次，是領帶超人。領帶超人終於和邋遢超人說上話了，他拚命向邋遢超人鼓吹紳士之道，可是邋遢超人聽了一點兒反應也沒有，只是聳聳肩對領帶超人說：「要那麼紳士幹嘛？我覺得你這樣太累了！」

眼看幾乎沒有人能夠影響邋遢超人，工作人員都焦頭爛額的時候，忽然有消息傳來，說邋遢超人最近大有改

進，都會自動梳洗了！

　　原來，邋遢超人最近戀愛啦！為了贏得女孩的芳心，他現在對自己的儀表大為注意。工作人員都在想，也許邋遢超人不久就會來改名啦！

──選自二○○五年十一月文經社版《超人谷Ⅱ》

邋遢超人

Fairy Tale

Part.26

近視鼠
三兄弟

　　　　一個春天的夜晚，近視鼠三兄弟一起蹲在屋頂上，欣賞美麗的月亮，享受皎潔的月光，心情都好極了，三個人忽然都很想說點什麼。

　　「我說啊，」老大首先開口道：「春天來了，萬物欣欣向榮，正是奮發的最好季節，咱們一起努力吧！」

　　「好啊。」兩個弟弟都答應著。

　　接下來，三人抬頭看看月亮，繼續沐浴著月光。

　　沉默了幾秒，老二說：「春天來了，萬物欣欣向榮，正是健身的最好季節，從明天開始，咱們一起運動

吧，一個冬天下來，咱們好像都胖了不少啊。」

「好啊，有道理。」他的兄弟也都答應著。

又是一陣沉默。三個人仍然動也沒動一下。現在，只剩下老三還沒說話了，他也很想講點什麼，而且最好是能夠講一點好聽的話、有意思的話，可是他幾乎想破了小腦袋，什麼話也想不出來，最後他只好說實話。

「嘿，大哥、二哥，聽我說，春天來了，萬物欣欣向榮，我認為這正是談戀愛最好的季節，我建議咱們都出去找一個女朋友吧！」

老三話剛說完，兩個哥哥就跳了起來。

老三心想：「糟糕，他們要罵我了。」

結果不是，兩個哥哥是要誇獎他，還用力拍他的肩膀，表示嘉獎！

「我說啊，」老大的口氣中真的充滿了激賞：「小子，真有你的，你真天才，你怎麼能講出這麼有意思，又這麼聰明的話！」

「就是啊，」老二也說：「你說出了我們的心聲！」

說得老三都不好意思起來，一直扭動著長長的尾巴，紅著臉，頻頻說：「哪裡哪裡，沒什麼沒什麼。」

於是，就在這個美麗的春天夜晚，近視鼠三兄弟全身的浪漫細胞都被月光充分激發之後，就在屋頂上，紛紛對著月亮發下一個宏願：「我們要找一個女朋友！」

第二天，他們果真就採取了行動。

不過，由於他們從小就非常友愛，老大咬著牙、橫著心，忍痛提了一個建議：「咱們這附近，可愛的老鼠姑娘好像不太多，不如你們先出去找女朋友吧，免得萬一我們看上了同一個姑娘，豈不是要互相殘殺？」

其實啊，老大這番話只不過是隨便說說罷了，但是他沒想到，話剛說完，兩個不開竅的弟弟竟然當真，熱烈響應，高興得又蹦又跳，連聲嚷嚷著：「好啊！好啊！」

最不開竅的老三，還立刻轉頭對老二說：「二哥，我最小，那你也讓我先去找吧！」

老二為了維持風度，保持形象，只好在心裡咒罵三聲之後，表情不大自然的同意了。

於是，隔天一大早，老三吃過早飯，就興高采烈的出去找女朋友。到了晚上，老三竟然帶了一隻小麻雀回來。

「小子，這是什麼意思？」老大和老二都一頭霧水。

「哈哈，是這樣的，」老三有些不好意思的解釋道：「我是在一個廣場遇見她的，因為她一直在地上走，再說我的近視可能也太深了，總之，我把她錯認成是一隻老鼠姑娘啦，就大膽的上去追求她，沒想到我們還挺聊得來的呢。」

老二聽了，非常懷疑：「她講的是滿嘴吱吱喳喳的外國話，你們兩個怎麼可能談得來？」

老大則說得更直接，一臉嚴肅的對老三說：「老鼠和麻雀怎麼可以在一起？簡直是胡鬧！快把她送回去！」

翌日早晨，老二吃過早飯，精神飽滿的對兩個兄弟說：「今天輪到我啦，我一定要找一個最可愛的老鼠姑娘回來！」

說完，他就神采奕奕的出發了。（當然，他的兩個

兄弟，都在暗中詛咒他最好找不到！）

到了晚上，老二帶了一個身材魁梧的姑娘回來，老大和老三都既熱情又好奇的圍上去，仔細打量這位姑娘。

半晌，老三納悶的說：「這位姑娘好像有點兒不大對勁。」

老二說：「我喜歡壯一點的姑娘。」

「不是壯的問題，」老大又瞇著眼睛瞧了半天，突然大驚失色道：「哎呀，她居然有『翅膀』——我的老天爺，你居然帶了一隻飛鼠回來！」

這時，老二才不得不洩氣的承認道：「老實說，我也是在剛剛要進家門的時候才發現——唉，只怪我的近視太深了。」

不用說，這位壯壯的飛鼠姑娘當然也馬上就被送回去了。

第三天，老大一早就對兩個弟弟說：「你們這兩個近視眼，白白浪費了大好機會，現在可別埋怨我搶走了你們的幸福啊！今天晚上，我一定會帶回來一個最迷人、最

可愛的姑娘！」

　　兩個弟弟眼巴巴的等了一整天，等到晚上——嘿，果真看到大哥扛著一位姑娘回來！

　　兩個弟弟都佩服死了，也羨慕死了，頻頻說：「大哥，你真行，真有你的！」

　　可是，再用力睜著眼睛看看，這位姑娘同樣不大對勁……

　　「哎呀！」兩個弟弟頓時都明白過來，異口同聲道：「這只是一塊娃娃形狀的米糕啊！」

　　可憐的大哥，卻直到這個時候才發現！他嚇了一大跳，恍然大悟的想著：「怪不得！我說這世界上怎麼可能有這麼安靜的姑娘！……唉，我還以為她是很愛聽我講話哩。」

　　不過，在兩個弟弟面前，老大很不願意承認自

己也是一個超級近視眼，便靈機一動，一本正經道：「本來就是米糕，難道你們沒聽過有一首歌，叫作〈老鼠愛大米〉嗎？看我對你們多好，特別帶了好東西回來和你們一起吃，吃飽了就有力氣努力啦！春天正是奮發的季節！別一天到晚想那些亂七八糟、什麼追不追女朋友的事！」

　　老二和老三互望一眼；他們心裡都有好些話，不過都一句也沒說。

──選自二○○五年十月幼獅版《怪奇故事袋》

近視鼠三兄弟

Part.27

腦袋上的鳥巢

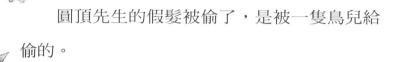

　　圓頂先生的假髮被偷了，是被一隻鳥兒給偷的。

　　這件事是怎麼發生的呢？

　　原來是因為圓頂先生太喜歡打瞌睡了，而且還是在別人說話的時候猛打瞌睡。

　　圓頂先生可以說是一個職業開會族，每天總有開不完的會。不過，不管是什麼會，他其實都只是一個陪襯的角色，幾乎沒有什麼發聲的機會，所以每次會議一開始，他才剛坐下來，很快就很容易感到昏昏欲睡。

　　那天上午的會議，圓頂先生剛好坐在窗邊，微風徐徐吹來，吹在他的臉上，讓他覺得好舒服哦！這一舒服，他忍不住就眼睛一瞇，火速打起瞌睡來。

　　那天，圓頂先生似乎睡得特別沉、特別香。其實，

他才剛睡著沒多久，就引起窗外一隻鳥兒的注意。這隻鳥兒站在窗外一棵樟樹的樹枝上，仔細的觀察著圓頂先生，觀察了很久很久。

由於圓頂先生長時間的一動也不動，最後，那隻鳥兒終於確定圓頂先生是一個「假」的，不是「活」的東西，所以就鼓動翅膀，以極快的速度從樹上俯衝下來，然後——迅速叼走了圓頂先生的假髮！

她想要把這頂假髮弄回去當鳥巢呢。

「嘿，瞧我多聰明，」鳥兒心想著：「不必費吹灰之力就可以平白得到這麼一個理想的鳥巢；我就說嘛，住在大城市裡就有這種好處，只要你會找，什麼東西都可以找到現成的，根本不必自己動手去做。」

鳥兒愈想愈得意，她覺得自己真是機伶透了。

會議結束，圓頂先生一覺醒來，覺得頭皮好涼。坐在他附近的人，一看他變成了禿頂先生，都嚇了一大跳，

有人居然還認不出他來了，一臉狐疑的問道：「咦，這位先生，請問您是誰呀？您怎麼會在這裡？您是什麼時候進來的？」圓頂先生伸手摸摸自己的腦袋，也嚇了一跳。他一下子全明白了。

正在狼狽得不知道該怎麼辦才好的時候，圓頂先生無意中朝窗外一瞥——哎呀！他簡直不敢相信，自己的寶貝假髮居然會在樹上！

圓頂先生馬上跳起來，衝了出去，一口氣就衝到樟樹下，瞪大了眼睛又仔細的瞧了半天……沒錯，正是他的寶貝假髮，而且，他還看到有一隻小鳥正坐在裡頭呢！

「喂！」圓頂先生氣憤的朝小鳥大吼：「快點把我的假髮還給我！」

小鳥顯然也大吃一驚，結結巴巴的問道：「什……什麼？你說這是你的？怎麼會？我還以為是沒人的……」

「什麼沒人的！這是我最舒服、最滿意的一頂假髮，妳這個小偷，快點把它還給我！」

「呃，就算是這樣，很抱歉，我也不能還你了。」

「為什麼？」圓頂先生簡直要氣瘋了。

「因為它已經成了我的鳥巢啦，我剛剛已經在裡頭下了三顆蛋了。」

圓頂先生不信，便費了九牛二虎之力爬上樟樹，親自察看；這一看，他真要呆掉了，裡頭真的有三顆新生蛋呢。

半晌，圓頂先生爬下樹，回到地面，仍然不甘心的

叫著：「不管！我要我的假髮，妳一定要賠我！」

鳥兒也自知理虧，只好說：「你說的沒錯，是我不好，我是應該賠你一個鳥巢——不，是賠你一頂假髮——這樣吧，只要你能保持至少三、四個小時不動，我可以立刻替你織一頂出來。」

「三、四個小時？那有什

麼問題，小意思！」圓頂先生信心十足
的說：「今天下午還有半天的會
呢，請妳就趕快動手吧！」

　　於是，下午的會議一開始，圓頂先生很快又進入
了夢鄉，而那隻自以為機伶的鳥兒則忙得要命，不斷飛進
飛出，一邊叼來尼龍線、破棉絮、拖把線等各式各樣的材
料，一邊又幾乎同時在圓頂先生光禿禿的腦袋上築巢。

　　她先大概織一個鳥巢的雛形，再蹲在圓頂先生腦袋
的中央，開始團團轉；在打轉的同時，她還細心的用胸部
不斷的向下壓和向外推，使鳥巢的內部成為挺堅固的杯
狀。

　　鳥兒就這樣忙碌了一下午。

　　當傍晚時分，會議結束，圓頂先生一覺醒來，立刻
就從旁邊玻璃窗的反映中，發現自己擁有了一個最炫、最
時髦的髮型。

　　也許你會奇怪，當鳥兒在圓頂先生的腦袋上築巢
時，難道都沒有人發覺嗎？

這是因為——當天下午的會議實在是超級無聊，與會者睡倒一片，自然就沒人察覺到這件怪事了。

倒是有人有些納悶的問圓頂先生：「咦，你到哪裡去了？上午有一個怪傢伙一直坐在你的位置上呢。對了，你今天的頭髮看起來好像⋯⋯不太一樣，你換髮型啦？」

——選自二〇〇五年十月幼獅版《怪奇故事袋》

Part.28

一句飄在空中
的「對不起」

一個風和日麗的春天早晨，大灰熊一覺醒來，痛痛快快的伸了一會兒懶腰，感到心情格外的舒暢。

興致一來，大灰熊忽然十分想念表哥、表姊和表弟、表妹，很想去探望他們。也難怪，好一段時間以來，大家都在各自冬眠，已經好久、好久不見了。

主意一旦打定，大灰熊就覺得在家裡怎麼也待不住了，真巴不得下一秒鐘就已經能和大家玩在一起。

他翻了一個身，趕快跳起來，拿出背包，把心愛的玩具、遊戲卡帶、零食，一個一個往裡頭裝，打算帶去和同伴們分享。準備工作進行到一半，他忽然停了下來。

他想起一件重要的事。

大灰熊衝到窗邊，把厚厚的窗簾拉開一看——哎呀！對面窗戶的窗簾還是拉得嚴嚴實實的，這表示他的芳鄰大黑熊還在冬眠，還沒醒。

「這可怎麼辦？」大灰熊覺得挺傷腦筋。

他的芳鄰大黑熊，是一個超級慎重的人。從大黑熊的房間，可以看到大灰熊的窗戶；每年一到這個時候，大黑熊起床後，一定要看見大灰熊家的窗簾拉開了，再走到窗前朝大灰熊大聲問一句「春天來了，對吧？」，等大灰熊大聲回答他「對！春天來了！」他才敢出門。

　　現在，大黑熊既然連窗簾都還沒拉開，表示根本還沒醒，大灰熊擔心如果自己出去不在家，待會兒大黑熊醒來，照例站在窗邊問「春天來了，對吧？」卻得不到回應的話，膽小——不不，是「超級慎重」——的大黑熊恐怕就會不敢出門。

　　為了芳鄰，為了這個有點兒麻煩的好朋友，大灰熊在收好東西後，耐著性子又等了好一會兒，希望大黑熊

能夠及時醒來，讓自己及時回答完他的問話再出門。可是，這個冬天大黑熊似乎睡得特別香，大灰熊感覺自己等了好久好久好久（實際上也沒多久），大黑熊那邊還是遲遲沒有動靜。

「怎麼辦呢？」大灰熊想呀想呀，想到去找另一個好朋友大白熊幫忙。

大白熊是有名的怪熊，因為他從來不冬眠，他認為冬眠實在是太浪費時間了。

大白熊是一個業餘發明家，偶爾會發明出一些稀奇古怪的東西。大灰熊心想，也許一個冬天過去，不睡覺的大白熊剛好發明出什麼好用的東西，可以幫自己解決眼前這個難題。

於是，他立刻打了一通電話給大白熊。

果然，大白熊在一聽完他的問題之後，立刻用非常疲憊的聲音——這都是因為長期不睡覺的緣故——對大灰熊說：「我剛剛設計出一個新東西，正適合你用，你快過來看看吧！」

大灰熊馬上趕到大白熊的家，去看大白熊的新發明。

原來是「空中投影器」！

大白熊解釋說：「只要把字——最多五個字——打在白雲上，就能維持半個小時。現在，我只要把『對，春天來了！』這五個字打在白雲上，大黑熊一醒來，往窗外一看，馬上就可以看到，這不就好了嗎？」

大灰熊看看時間，估量一下，大黑熊在往年這個時候早就已經醒了，今年就算醒遲了些，半個小時也差不多夠了，這樣他就可以放心的先出門了。

「你怎麼會想到要發明這麼一個玩意兒呢？」大灰熊好奇的問。

大白熊有些不好意思的說：「我打算為那些害羞、痴情的傻小子提供一點服務，你想想，他們的心上人如果在白雲上看到『某某，我愛妳』這五個大字，不是都要感動死了嗎？」

老實說，大灰熊覺得這個點子挺肉麻的，不過他現

在可無意討論這些，便只說：「很好很好，那就麻煩你幫我在白雲上打上『對，春天來了！』五個字吧！」

「沒問題！」大白熊很高興自己能夠幫得上忙。只可惜，大白熊因為長期睡眠不足，精神不濟，注意力也不大集中，竟不小心按錯了指令，打成了「對不起！蜜糖！」

「哎呀，對不起！對不起！」大白熊真是尷尬透了。

大灰熊看著那些打在白雲上、飄在空中的五個大字，楞楞的問：「現在怎麼辦？」

大白熊不好意思的抓抓頭，「只有等半個小時過去，這五個字散掉了之後再重打。」

大灰熊心想：「唉！我還是回去等大黑熊起來，或者乾脆直接去敲他家的大門算了！反正他也睡得差不多了，該起來了吧！」

大灰熊謝過了大白熊，還安慰了大白熊幾句，便匆匆趕回家。

一路上，他發現好多人都和他一樣行色匆匆，但和他不同的是，這些人的臉上都洋溢著一種幸福的甜蜜，有

好多人還在傻笑！原來，這句飄在空中的「對不起！蜜糖！」令好多人看了都激動不已，那些正在鬧彆扭的夫婦或男女朋友，都以為是對方那個該死的──不，可愛的──所想出來的道歉新招，所以，正趕著要去和好呢！

　　大灰熊趕到家的時候，大黑熊已經起來站在門口，笑咪咪的對他說：「我收到你別致的口信了。」

　　大灰熊驚訝的抬頭一看，只見後面四個字都散了，只剩下第一個字──「對」。

　　大黑熊說：「你一定是想告訴我，『對，春天來了！』是吧？」

　　「沒錯，」大灰熊猛點頭，「一點也沒錯！」

　　是沒錯，這本來就是他的本意啊！

──選自二○○五年十月幼獅版《怪奇故事袋》

為「自己」寫作
——《管家琪童話》賞析

◆ 徐錦成

1

　　管家琪是當代臺灣兒童文學界創作量最大的作家。毫無疑問，她也是最具代表性的童話作家之一。

　　但管家琪的創作年資其實並不長。她的第一本童話集《口水龍》出版於一九九一年七月（民生報社版），之後才開始專業寫作。她擅長的文類很多，其中以童話及少年小說的成績最令人矚目。

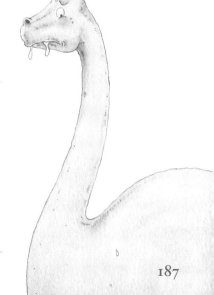

　　許多人對管家琪豐沛的創作活力感到興趣。但看過她的書的讀者，不難在她的「序」或「後記」裡，找到她透露的創作線索：

> 　　我的童話觀可以說是始終如一，就只是「希望能寫一個好玩的故事」，如此而已。

　　我始終把自己定位成一個「說故事的人」，努力想寫一個又一個精采好聽的故事。

　　我寫兒童文學（尤其是寫童話），絕不是為了孩子們而寫作。我不為任何人，完全只為自己。我覺得自己可以寫童話，而且，寫童話讓我覺得很快樂。

　　這些都不是客套話，也算不上誇張的大話。這些話洋溢著創作者的熱情，而做任何事如果缺乏足夠的熱情，都難有所成──「說故事」這個行業當然也一樣。

187

2

　　作家為了自己而寫作，事實上是極其自然的。但或許是受到「文以載道」傳統觀念──這點管家琪向來反對──的影響，肯大方承認的作家並不多。然而，所謂「為了自己」而寫，除了滿足作家的自我實現外，有沒有其他可能呢？

　　就算是一種有意的「誤讀」吧！如果我們把「為了自己而寫」裡的「自己」擴大解釋，那麼，管家琪會不會希望透過作品告訴讀者：要認清自己、做自己，進而愛護自己呢？

　　在〈奇幻溫泉〉這篇童話裡，老虎、斑馬及金錢豹一起泡湯之後，都喪失原有的斑紋，且愈泡愈麻煩，斑紋互相交換，但就是回不到自己身上。敏感的讀者可以看出，這是很好的童話開頭。想像一下：老虎披著斑馬的斑紋、斑馬披著金錢豹的斑紋、金錢豹披著老虎的斑紋，故事若照這樣發展下去，許多趣事都可能發生。然而，管家琪偏不這麼寫，她的處理方式是：三個人都不喜歡這種「從頭到腳煥然一新」的改變，都想找回自己原來的斑紋。老虎、斑馬及金錢豹雖然都沒說，但我想他們都該同意：自己的斑紋總是最好的。

　　再看另一篇〈超級蘿蔔〉。胖妞起先並不滿意自己的身材，即使她因此贏得在話劇裡扮演蘿蔔的機會也不知珍惜，終於為此付出代價。可想而知，她最後必能領悟「天生我材必有用」的道理，更加愛惜自己。

　　讀管家琪的作品很容易開心，許多評論者也說管家琪的童話具有幽默的特質。我認為，那必定是因為作者寫作時相當開心，而作品把她的心情傳送出來的緣故。她寫作是為了娛己，但最後也娛了人。

3

身為人數眾多的管家琪童話迷之一，
我想替這位產量豐富的作家編一本選集的
心願由來已久。但在著手之前，我卻想起管
家琪的一些話。她是這樣說的：

> 已經發表的作品，我向來懶得再去管它。我比
> 較在意正在醞釀的新作。

> 我總覺得，作品一旦發表，就成了「過去式」，
> 是不必再去理會了。我希望自己是一個「進行式」。

作家持續往前走當然是好事，但我忍不住好奇：一位從不
回顧的行者若有機會驀然回首，將看見什麼樣的風景呢？想知道作家本人心中
的代表作，何不讓她編一本自選集呢？

管家琪接受了這個提議。呈現在此的這本書，便是她親自編選的。她在提出篇
目之後，客氣的要我增刪，但我放棄了這項權利。這本書大致依照管家琪的創作順
序編排而成，清楚涵蓋了她各個時期、各種題材的重要作品；不論是想輕鬆的認識
管家琪，或想嚴肅的研究管家琪，這都是本不可多得的夢幻選集。

這是管家琪第一次出版選集，且是一本自選集，而我相信它不會是最後一次，
因為管家琪說過：

> 儘管多半時候都是在「自得其樂」，但我還是會堅持下去，因為這是我自己選擇
> 的志業。

因此，這本書無疑將只是階段性的回顧。只要管家琪繼續寫，未來的華文童話
世界就不怕冷場。為自己而寫的管家琪，其實造福的人可真不少呢！

童話列車 02

管家琪童話

著者	管家琪
主編	徐錦成
插圖	貝果
責任編輯	黃麗玟
美術編輯	裝丁良品
發行人	蔡文甫
出版發行	九歌出版社有限公司
	臺北市105八德路3段12巷57弄40號
	電話／02-25776564・傳真／02-25789205
	郵政劃撥／0112295-1
九歌文學網	www.chiuko.com.tw
印刷	晨捷印製股份有限公司
法律顧問	龍躍天律師・蕭雄淋律師・董安丹律師
初版	2006（民國95）年6月10日
初版5印	2014（民國103）年9月
定價	**220元**

書號	0173002
ISBN	957-444-316-7

（缺頁、破損或裝訂錯誤，請寄回本公司更換）

國家圖書館出版品預行編目資料

管家琪童話 / 管家琪　著 , 徐錦成主編, 貝果　插
圖.　--初版.　-- 臺北市：九歌, 民95
　　面 ；　公分.　--（童話列車; 2）
　　ISBN 957-444-316-7(平裝)

859.6　　　　　　　　　　　　95008415